真景拝み屋備忘録

あの世のはらわた

郷内心瞳

竹書房
怪談
文庫

始まりは終わりの始まり

書籍の前書きを一切読まない。世にそういう方々が一定数存在することは知っている。理由としては、早く本編が読みたいから。本編の前に余計な情報を頭に入れたくない。あるいは単に面倒くさいや時短のためなど、様々なのだろうが、そうした諸々の事情に関しては別にどう思うということもない。

書籍という物は著作権は別として、所有権についてはそれを購入したその人自身にある。自分のお金で買った本をどんなふうに読もうが、読むまいが、あるいは読み飛ばそうが、それは所有者個人の自由だし、本文の空欄をメモ帳代わりに使おうが、噛ませ板として家具の下に敷いてみようが、それらの選択権と決定権も全て所有者個人に帰属する。

ただ、親愛なる読者諸氏よ。とりわけ日頃、前書きを読み飛ばしてしまう読者諸氏よ。今回に限ってはあなた方のポリシーに反して、できればこの前書きも本編の一部と考え、全文ご一読いただければ幸いである。分けても今日までの長きにわたり、本シリーズを熟読玩味してくださってこられた方々には、割合大事なことが記されているはずである。

先に結論から述べると、二〇一八年三月から巻を連ねた「拝み屋備忘録」シリーズは、本書『真景拝み屋備忘録　あの世のはらわた』を以《もっ》て完結となる。

初作に当たる『怪談双子宿』から数えて、ちょうど十作。足掛け六年余りを費やして書き続けてきたシリーズに幕をおろすのは、なかなか名残惜しいものがあるのだけれど、始まりという出来事は、かならず終わりに向かって進んでいくのが摂理というものだし、何事においても終わりという事象は、かならず付き纏《まと》う運命にある。

それは本シリーズとて、例外ではない。

理由としては、別に読者離れが加速しているとか、シリーズ全体の売り上げが著しく落ちこんでいるなどではない。仮に本シリーズがそうした悲愴な事情を抱えているなら、この前書きを書きだす前に、担当から悲痛な声で打ち切りを宣告されているはずである。ありがたいことにそうした事実は（今のところ）ないようだし、本書の執筆についても打ち切りなどを宣告されたうえで幕が切って落とされたものでもない。

実際の理由は、十というキリのいい冊数でシリーズを終わらせられれば、私としては大層気分がよいというのが一点。十という数字には「一区切り」という意味もあるので、シリーズの幕をおろすには最適な冊数だろうと考えたがゆえである。

奇《く》しくも本書の姉妹編とも言うべき「拝み屋怪談」シリーズ（角川ホラー文庫刊）も、本書のあとを追う形でまもなく完結を迎える予定だし、四六判の単行本として世に出た「拝み屋異聞」シリーズ（イカロス出版刊）のほうは、数年前に完結を迎えている。

ざっと数えてみたところ、これまで書きあげた拙著は、全部で二十四冊になっていた。これは単著の冊数で、共著は含まない数である。共著のほうは、八冊ほどあったと思う。これらに加え、旧版と新装版が存在する単著も二冊あるので、トータルで数えあげるとこの十年間で三十四冊の本に、私は著者や共著者として携わってきたということになる。それなりに大きな数字と成果ではないだろうか？

本書と角川ホラー文庫から今後発売される予定の「拝み屋」シリーズも数に入れると、著作の合計はもう少し増える。三十五を超える数字となるわけで、これからシリーズを手に取られる読者の方々には、なかなか読み応えのあるボリュームになるはずである。

これまで様々な趣向を凝らして上梓してきた諸作の中で、怪異という事象については、ありとあらゆる事例とバリエーションを、延べ千数百話に及ぶ長短様々な怪談群を以て網羅してきたと思うし、怪異の舞台となったロケーションやシチュエーションのほうもあらかた消化してきたはずである。本シリーズの前作では、海外の怪異まで紹介した。

拙著のシリーズに幕をおろす理由の二点目は、こうした成果に基づくところが大きい。読者に最良の形で紹介すべき怪異はすでに出尽くしたと感じるし、拝み屋という特異な仕事を通じて私自身が体験したことや感じたことについても、語りきったと判じている。事を正確に表わすならそれらは本書の完結と、近々角川ホラー文庫から世に出る予定の「拝み屋怪談」シリーズの完結を以て成し得られるのだけれど、こうした事情もあって、「そろそろ全部に幕をおろそうじゃないか」と、私は思うに至った次第である。

無論、それは良い意味でである。先に述べた打ち切りの話に若干戻ってしまうのだが、物書きの端くれが願う気持ちとしては、せっかく大事に続けてきたシリーズ作品ならば、もっともふさわしい形で完結を迎えておきたいものなのだ。今後もだらだらと無目的に巻数を重ね続け、そのうち本当に打ち切りなどという憂き目に遭うのは残念なことだし、仮に然様《さよう》な事態を迎えた場合は、読者の興味が離れていったという裏付けに他ならない。そうした意味で読者に残念な思いをさせてしまうのは、私の本意とするところではない。

かてて加えて、体調面の問題もある。数年前から厄介な持病を抱えていることもあり、いつ何時、シリーズの執筆自体が止まってしまわないとも限らない。これまでも折々に綱渡りで執筆を続けてきたが、今度もこうした危惧は消えないだろうという事情もある。

とはいえ、本書を含む「拝み屋」シリーズの完結を以て、筆を擱《お》くわけでもないのだ。怪談実話という分野から手を引こうというつもりもない。

いずれ何がしか、語るべき話が集まってきた機会には、形や装いを新たにしたうえで怪奇と恐怖に満ち満ちた怪談集を編んでみたいという気はあるし、読者が喜んでくれるテーマやパッケージが定まった折にも、再び新しい作品をお贈りしたいと考えている。

そうしたわけで、つかのまのお別れである。やはり名残惜しい気分はおびただしいが、これより目次を挟んで始まる本編が「拝み屋備忘録」シリーズ、最後の物語となる。

日頃、前書きを読まないという方々には特に申しあげたいのだが、ここまで前書きをお読みいただき、心より感謝を申しあげる。他の読者諸氏にも厚く御礼を申しあげる。

世間に前書きを読まないという方が一定数おられるのに対するがごとく、私のほうはデビュー作から一貫して、後書きというものを書かない主義である。

書籍に記された物語に興じるのは、魔法の時間に他ならない。素晴らしい魔法である。私は自筆の拙《つたな》い後書きで、読者にかかった魔法の余韻を台無しにしたくはないのだ。

後書きの代わりにぜひとも本編の最後で、私とつかのまのお別れをしていただければ、それ以上に嬉しいことはない。今まで本当にありがとう。多幸に満ちた六年だった。

目次

※本書は体験者および関係者に実際に取材した内容をもとに書き綴られた怪談集です。体験者の記憶と主観のもとに再現されたものであり、掲載するすべてを事実と認定するものではございません。あらかじめご了承ください。

※本書に登場する人物名は、様々な事情を考慮してすべて仮名にしてあります。また、作中に登場する体験者の記憶と体験当時の世相を鑑み、極力当時の様相を再現するよう心がけています。今日の見地においては若干耳慣れない言葉・表記が記載される場合がございますが、これらは差別・侮蔑を助長する意図に基づくものではございません。

目をつけられる

宮城の山中に居を構える、井澄《いすみ》さんの話。ある年の春先にあったことだという。

休日の昼間、自宅の裏手に面した畑で作業をしていると、近くに生える草むらの中に真っ赤な着物を纏った女の子が立っているのが目に入った。

歳は十歳くらい。髪型は漆黒のおかっぱ頭。こちらを見ながらにやにやと笑っている。

近所で見たことのない娘だったし、着物姿というのも、異質な感じで気味が悪かった。

「なんだ?」と声をかければ案の定、女の子はその場からふっと姿を消してしまう。

それと入れ替わるように、背後で不審な気配を感じた。振り返ると、家の廊下に並ぶ掃き出し窓の向こうに赤い着物の女の子が立って、にやにやと薄笑いを浮かべていた。

家が不審火で焼け落ちたのは、その日の夜のことである。家族がふたり犠牲になった。

のちに家は建て直されたが、数年後には同じ不審火でまた焼け落ちてしまったという。

鮮度が大事

折原《おりはら》さんが夏場に友人たちと、山間のペンションへ泊まりにいった時のこと。

昼はカレーで簡単に済ませ、夜はペンションの前にグリルを設置してバーベキューを楽しむ予定だった。この日のために特上の肉類をたっぷり買いこんできたのである。

やがて西日が暮れゆく頃を見計らい、みんなで協力しながら食事の準備を進めていく。

「まぜてもらっていいですか?」

ふいに聞き覚えのない声がしたので顔をあげると、折原さんのすぐ傍《かたわ》らに若い女性が立っていた。薄桃色のサマードレスを着た、可愛らしい雰囲気の女性である。

近くのペンションに泊まっている娘かと思って尋ねてみたのだが、彼女は何も答えず、代わりに「まぜてもらっていいですか?」とまた言った。

「どうしよう?」と友人たちに確認すると、「いいんじゃない?」と返ってきた。

「ＯＫ。いいよ」

再び彼女の側へ向き直ると、姿が見えなくなっている。辺りに視線を巡らせてみても、やはり姿はどこにもない。友人たちも彼女がいつ、いなくなったのか、分からないという。

それからバーベキューが始まり、たらふく肉を貪《むさぼ》った。

とても旨い味だったが、やたらと冷たく、肉質もごわごわしていて、嚙みづらかった。

それでも味は抜群だったので、みんなでせっせと食べ進めていった。

そこからしばらく経ってふと思ったのは、グリルの上にのっている肉がどうして全部、生なのか？　さらにはどうして、グリルに火が点《とも》っていないのかということだった。

はっとなって我に返った瞬間、思わず悲鳴をあげて立ちあがってしまう。

折原さんが食べていたのは冷たいグリルの上に雑然と並ぶ、赤みを帯びた生肉だった。友人たちも一緒になって食べていた。折原さんの声に気づくと、みんなも我に返って金切り声をあげ始める。

用意していた肉はあらかた食べ尽くしたあとで、折原さんたちは急遽予定を切りあげ、病院へ駆けこむことになってしまった。

生肉を頬張っている間、自分たちが何をしているのか、まるで自覚がなかったという。

訴え

宮城県の田舎町に暮らす奥菜《おきな》さんが、小学三年生の頃に体験した話である。

夏休みに子供会の行事でキャンプのお泊まり会が催された。県内の自然公園内にあるキャンプ施設にテントを張って一夜を過ごすのである。

初日の午後、奥菜さんは仲の良い友人たちと付近の散策をしてみることにした。園内に敷かれた遊歩道を進んでいくと、やがて路傍に小さく広がる野原が見えてきた。

野原の中には下生えに紛れて黒ずんだ石がいくつか、ぼこぼこと頭を突きだしている。石は適度な間隔でばらけているので、みんなで腰掛けるのにちょうど良さそうだった。ここで休憩がてら、持ってきたおやつを食べようということになる。

各々が手頃な石に腰をおろすと、車座を組むような恰好になった。おやつのお菓子を開封し、好みの物を分け合いながら食べ始める。

お菓子を頬張りだして、まもなくした頃のことである。

ふいに奥菜さんの尻が小刻みに震えた。

一瞬、臀部《でんぶ》の柔肉《やわにく》が痙攣《けいれん》でも起こしたのかと思ったのだが、まもなく震えているのが自分の尻ではなく、尻を預けている石だということに気がつく。

石はみるみるうちに震える強さを増して、奥菜さんの尻のみならず、腰から脚までをぐらぐらと左右に大きく揺らし始めた。

見れば周りで腰掛ける友人たちも、身体を同じく揺らしている。地震かと思うような揺れ方だったが、辺りに見える森の樹々が大地に踊らされる様子は見られなかった。

それでも揺れはますます激しさを増し、石から身体が振り落とされそうになってくる。

思わず「わっ!」と声をあげて立ちあがったとたん、揺れはぴたりと収まった。

下生えが生い茂る地面を踏みしめる両足に、揺れなど微塵《みじん》も感じない。次々と石から立ちあがった友人たちも同様だった。「なんだ今の?」と、みんなで顔を見合わせる。

答えはまもなく、全身に浮きだす鳥肌を伴いながら明らかになった。

奥菜さんたちが腰掛けていたのは、いずれも由来が不明の古びた墓石だったのである。

来る、来る、来る

こちらもキャンプにまつわる話である。

世間で「ひとりキャンプ」というのが流行《はや》っていた時期のこと、会社員の根黒《ねぐろ》さんもブームに乗っかる形で試してみることにした。

キャンプ地に選んだのは、岩手県の山中にある小さな自然公園である。個人ブログの情報では近くに手頃な渓流が走っていて、釣りも楽しむことができるらしい。

かなり古い記事だったが、釣りが趣味の根黒さんには候補地を定める決め手となった。

件《くだん》の自然公園は、一応テントの設営は認められていたものの、場所がマイナーなのか、園内に人影は見られなかった。周囲は緑の色濃い樹々に覆われ、耳に聞こえてくるのは野鳥たちの囀《さえず》りと蝉《せみ》たちの声、それから遠くのほうで小さくささめく水の音だけである。

無事にテントを張り終えると、さっそく釣り道具を持って渓流に向かった。

ブログの情報では、園内の一角に渓流へ通じる下り坂の小道が延びているのだという。

実際、すぐに見つかった。森の中を蛇《へび》のようにくねりながら走る、幅の細い土道である。

しだいに近くなってくる水の音を聞きながら道を下り続けていくと、ふいに前方から着物姿の女性が歩いてくるのが目に入った。

着物は紫の色留袖。裾には菖蒲《しょうぶ》の刺繍があしらわれている。歳は四十代頃とおぼしい。薄化粧で控えめに整えられた面貌《めんぼう》は、涼やかで品の良い顔立ちをしている。

こんな山道で出くわすには、明らかに場違いな身なりをしているのだが、根黒さんが不審を抱くよりも先に、女性はこちらに視線を留めると笑みを浮かべて会釈してきた。

あまりにも自然な感じの会釈だったので、根黒さんも笑みをこしらえ、頭をさげ返す。

まもなくふたりはすれ違い、根黒さんは道の流れに沿って歩き続けた。

すると道の先から、再び女性が歩いてきた。右へと流れて曲がる道の先、深い樹々が立ち並ぶ陰のほうから紫色の細い輪郭が現れ、こちらに向かって進んでくる。

視線が合うと、彼女は笑みを浮かべて会釈してきた。先ほどすれ違った女と同じ顔に同じ笑み。裾《すそ》に菖蒲《しょうぶ》の刺繍《ししゅう》があしわれた、着物の柄まで同じである。

今度は笑みを返せず、ほとんど反射的に会釈だけを機械的に返した。

再び女とすれ違う。

うしろを振り向くことはしなかった。怖くてそんなことをする勇気はなかった。固唾《かたず》を呑みつつ、視線を前に留めたまま、わななく足取りでさらに先へ進んでいくと、次にカーブしている道の陰から、同じ女がまた現れた。

笑いかけられ、会釈をされる。根黒さんはどちらも返さず、代わりに顔を背《そむ》けながらその場に立ち止まり、女が通り過ぎていくのをやりすごす。

足音が背後へ向かっていくのを見定め、息を殺して振り返ると、女の姿は道の上から消えていた。足音さえもやんでしまう。視線を再び前のほうへと向け直す。

同じ女が道の先から歩いてくるのが見えた。

涼やかで品の良い顔立ちに淡い笑みを浮かべながら。

根黒さんはありったけの叫び声をあげると、元来た道を一目散に駆け戻った。

幸いにもその道中で、坂道を上っていく女の背中を見かけることは一度もなかったが、無事に公園まで帰り着くなり、すぐにテントを畳んで引きあげた。

以来、二度とキャンプに興味を示すことはなくなったと聞いている。

大横断

真夏の夕暮れ時、平木《ひらき》さんが車で地元の山中を道ゆくさなかのこと。

緩やかな上り坂が終わり、道の両側を深い樹々に覆われた平坦な細道を走り始めると、はるか前方の路上を何かが横断しているのが目に入る。

数はたくさん。風船のような形をしたそれらは、道の左側に面した樹々の中から現れ、緩い波線を描きながら宙を飛んで、右側の樹々の中へと入っていく。

みるみる距離が近づいていき、それらの正体がなんなのか分かった瞬間、平木さんはぐっと息を呑んで、急ブレーキを踏みこむことになった。

山道の宙を横断していたのは、いずれも頭の禿げた男の生首だった。

平木さんが蒼ざめながら様子をうかがう一方、首たちはこちらを一瞥《いちべつ》することもなく、顔に薄い笑みを浮かべながら、全部で五十近くも目の前を通り過ぎていったという。

黒い鴉の赤いパーティー

都内に暮らす真知《まち》さんが、彼氏と木苺《きいちご》を摘みに出掛けた時の話である。

彼氏の実家は北関東のとある田舎町にあった。地元の低山で木苺が採れるという話を前々から聞いていたので、初夏の季節を迎える頃に連れていってもらうことにした。

彼氏に案内されながら山中に分け入り、周囲に青々と生い茂る樹々の合間を縫いつつ歩を進めていくと、まもなく真っ赤な木苺を実らせた低木が、至るところに見えてきた。近くでは鴉《からす》たちの鳴き声がひっきりなしに聞こえてくる。

軽く味見をさせてもらって淡い甘味を愉しんだのち、いよいよ実を丹念に摘み始める。作業は容易《たやす》いものだったが、近くで騒ぐ鴉たちがうるさかった。「ギャーギャー！」と野太い声で喚《わめ》き散らし、大きなシーツがはためくような羽音の鈍い伴奏も耳障りである。

初めのうちは我慢していたのだけれど、しだいに堪《こら》えきれなくなってくる。

彼氏と示し合い、声と気配を頼りにしながら、近くで生い茂る灌木《かんぼく》の間を進んでいく。鴉たちは灌木の向こう側、背の低い下草に地面が染まる小さな野原のまんなかにいた。二十羽近くいる。どうりでうるさいわけである。いずれも頻《しき》りに黒い羽根をばたつかせ、何かに群がりながら宴を催しているようだった。

狐か狸の死骸でも食べているのかと思って目を凝らしてみると、まるで違う物だった。鴉たちが奇声をあげて啄《ついば》んでいたのは、四肢がバラバラになった人間の遺体だった。肉はあらたか食べ尽くされていて、切断された手足の方々から赤黒い鮮血にまみれた骨の表層が覗いている。腹もあちこちが引き裂かれ、中から軟体動物のような形をした臓物の塊《かたまり》や、腸などがどろどろとはみだしている。その傍らに転がる髪の乱れた生首も、原型を留めていないほど肉が食い荒らされていたのだが、髪型や顔の印象などから見て、生前は女だったのだろうということが、かろうじて分かった。

真知さんと彼氏が同時に叫び声をあげると、鴉たちも驚いて一斉に飛び去っていった。ところがその跡には背の低い下草が生い茂るばかりで、死体は欠片《かけら》も残っていない。

のちになって鴉たちがいたその場所は、昭和時代の終わり頃に女性のバラバラ死体が埋められていた場所だと知ることになったそうである。

山越え

二〇一九年六月半ば。東北南部が梅雨入りを迎えて、まもない時季のことである。私は車で地元の山中へと分け入った。週末の深夜一時を過ぎた頃のことである。

場所は我が家の裏手に聳《そび》える篦岳山《ののだけやま》。標高二百メートルクラスのちっぽけな低山だが、奈良時代にはこの山から掘られた金が、東大寺の大仏を建立する際に献上されたという歴史を持ち、地元では古くから信仰の対象にもされてきた山である。ちなみに篦岳山が聳える我が町、涌谷町《わくやちょう》は、日本で初めて金が産出された土地である。

遅い時間にわざわざ山へと入った理由は、コンビニへ絆創膏を買いにいくためだった。仕事で頼まれた御守りを作っていて、カッターで左手の中指を切ってしまったのである。

刃は指先に深々と刺さって斜めに滑り、ここ数年はお目に掛かったことがないような、ひどい流血を拝ませてくれた。指から噴き出た鮮血は、手首のほうまで滴《したた》り落ちた。

慌てて救急箱を開けたのだけれど折悪しく、中には絆創膏も包帯も入っていなかった。包帯が不在な理由については覚えていなかったが、絆創膏は少し前に指を火傷《やけど》した時に使っていた。救急箱からケースごと引っ張りだして、その後は元に戻さなかったらしい。したがって家のどこかにかならずあるはずなのだが、生憎《あいにく》のところ、所在についてはまったく記憶に残ってなかった。当て推量で思い浮かんだ場所を何ヶ所か探してみたが、痕跡すらも掴めない。

そうこうしているうちにも血はだらだらと赤い筋を描いて、腕のほうまで落ちてくる。仕方なく傷口にガムテープをぐるぐる巻きにして、まさに文字通りの応急処置を施した。そのうえで新たな絆創膏を買い求めるべく、深夜の煩《わずら》わしい時間に家を出たのである。

コンビニは別に山を越えなければ行き着けないわけではない。いちばん近いルートは、町の外周に沿って延びる国道を道なりに進んでいくことである。十五分もあれば着く。だがしかし、ここしばらくは週末の深夜になると、田舎の暴走族が爆音をがならせて国道周辺をパレードしていることが多かった。

この日もまさにそうした暴走イベントの真っ最中で、一時間ほど前から夜のしじまの遠くのほうで、耳障りなエンジン音が絶えることなく聞こえていた。

別に絡まれたことはないのだが、夜道でこうした手合いに出くわすと、追い越すのに大層辟易《へきえき》させられるのである。

まるで『ガンダムＳＥＥＤ』に出てくるモビルスーツのような、車体をゴテゴテしたイカツイ装飾で固めたバイクは大抵、道いっぱいに広がって蛇行運転を繰り広げている。うしろからゆっくり接近していくか、クラクションを鳴らせば道を譲ってくれるのだが、追い越す際に下卑《げび》た野次を飛ばしてきたり、思いきりメンチを切ってきたりもするので、あまり気分のいいものではない。できればなるべく関わりたくない連中だった。

夜中の急な出血で絆創膏が欲しいと願う窮状にあって、不幸中の幸いとでも言おうか、族は国道を始め、近くの県道や農免道路は走るが、山道だけは決して走らない。

理由については知ったことではない。私にとって重要なのは、山道をルートに選べば道行く先で族に出くわすことなく、買い物に行って帰ってこられるという事実だった。

築四十年余りの我が家は、町の東側に位置する一角に立っている。山は町の北東部に聳えていて、家は山の東側に面した麓《ふもと》にあった。周囲は樹々と草々の緑にまみれている。

二〇一一年の秋口に結婚を機にして運よく借り受け、以来十年近くも暮らし続けていた。造りは古びた風情の平屋建てだが、部屋数は多く、家賃が安いのもありがたい。

自宅からいちばん近い山への入口は、車で二分足らずの距離にある。我が家の菩提寺、並びに寺に隣接する墓地の前に延びる細い道筋をたどっていくと、まもなく山へ入る。ちなみに山の反対側へ下るまでの長い道中には、歴史の古い寺と墓地がもう一軒ずつ、それから火葬場が立っている。真夏に車で繰りだす肝試しにはお誂《あつら》え向きのコースだが、そうしたことをする連中は、不思議と見かけたことも聞いたこともない。

ガムテープでぐるぐる巻きにした指先は痛かったが、車は山道を順調に進んでいった。視界の両脇に鬱蒼《うっそう》とした樹々が連なる漆黒の中、出くわす車は一台もない。

予定どおり、およそ十五分で山中を東側から横断し、南東部に面した反対側の山口を下りきる。ほどなくコンビニへもたどり着き、目当ての絆創膏を買い求めた。

車の中でさっそく指からガムテープを剥《は》ぎとり、買ったばかりの絆創膏に貼り替える。血はまだどくどくと噴きだしてきたが、やはり本家は紛い物の茶色い紙テープとは違う。絆創膏のまんなかに取り付けられた不織布製の薄白いパッドは、深い傷口をしっかりと保護して、巻きつけたあとは血が染みてくることはなかったし、痛みも多少は和らいだ。ようやくいい案配になったと満足し、私は駐車場から車をだした。

再び山へと分け入り、十分近くが経とうとしていた頃のことである。

この時、車は山頂にほど近い道筋を走っていた。両側にそれぞれ、町が管理している自然公園と空き地が広がっているため、周囲に樹々が少なく、視界が開けている。

平板でまっすぐな路面をたどっていると、前方の暗闇に真っ白い線のような物が二本、ぼんやりと浮かびあがってくるのが目に入った。

どちらも道の両脇に垂直の線を描いてすらりと屹立《きつりつ》している。形や太さから見て一瞬、電信柱かと思ったのだが、それらよりも手前の路上に見える電信柱は全て灰色だったし、長さのほうもまったく違う。

真っ白くて細長いそれらは、手前の道端に並ぶ電信柱よりもはるかに丈《たけ》が長かったし、距離が近づいていくにつれ、形も微妙に異なることが分かってきた。

百メートルほど手前の地点で暗闇の視界に捉えた二本の「真っ白い何か」との距離は、五十メートル辺りまで近づいていった辺りで、ようやくその仔細を認めることができた。とたんに心臓が痙攣を起こすような動きを見せ、思わず「ぐっ」と声があがる。

脚だった。白粉《おしろい》をはたいたような真っ白い色に染まった、とてつもなく長い脚が二本、路上を跨ぐ形で道の両脇に突っ立っていたのである。

おそらく女の脚ではなかろうか。

慄《おのの》きながらそんなことを思うさなかに、異様な脚はこちらに向かって歩きだしてきた。

車が進む道筋はそれなりに幅が広かったが、ハンドルを切ってUターンをするような余裕はなかった。かといって、ブレーキを踏みこむのもどうかと思う。何しろ向こうはこちらに向かって接近してきているのだから。

脚は竹馬を思わせる、ぎくしゃくした動きを見せながら、早いペースで向かってくる。足音は聞こえてこない。身の毛もよだつ無音とともに前方からぎくしゃくと迫ってくる。

眼球を素早く動かし、視線をフロントガラス越しの上方に向けてみたが、脚は二本ともフロントの枠に視界を遮《さえぎ》られ、てっぺんまで見通すことができなかった。

目に映る長さだけでも二十メートルは下らない気がする。何しろ、目の前に立ち並ぶ電信柱よりもはるかに丈が高いのだから。それなのに輪郭は蜘蛛の脚のごとく細い。

車の速度は五十キロを維持していたので、互いの距離はみるみるうちに縮まっていく。この期に及んでもブレーキを踏む気にはなれなかった。幸い、脚は道端を軌道にしつつ迫ってくる。あちらが動きを変えて路面に踏みこんでこなければ、衝突する恐れはない。二本の脚の間を突っ切る形でこのまま進んでいくことにする。

まもなく互いの距離は十メートルを切り、視界の両側に巨大な脚が間近に映り始めた。八メートル、六メートル、四メートル、二メートル――。

そして行き交う。願っていたとおり、脚の歩みはついに軌道を変えることはなかった。両側の車窓越しに長い脚が音もなく、ぎくしゃくとした動きで通過していくのが見える。

それでもやはり、上のほうまでは見えなかった。

二本の脚が車の真横を通り過ぎていく直前から直後まで、私の視界に捉えられたのは、せいぜい脛《すね》に当たる部分までである。膝すら視界に入ることはなかった。

脚が通り過ぎていったあと、バックミラーを通してうしろの様子を覗いて見たのだが、ああしたたぐいの共通点として案の定、鏡の中には暗い山道が映っているだけだった。

おそらく肉眼だったら、車のうしろの闇に消えゆく長くて巨大な脚を目にすることができるのだろうと思ったが、わざわざそんな馬鹿げたことをする気はさらさらなかった。

アクセルを踏みこむ足の力は緩めず、そのまま猛然とした勢いで山道を突き進む。

「えらいものを視《み》ちまった……」

自宅へ続く東側の山道を下るさなか、背骨が抜けたような声音でつぶやく私の顔には、なぜだか笑みが浮かんでいた。

その理由は、軽いショック状態に陥ったことによる顔面の筋肉全体の不具合を筆頭に、恐怖や戸惑いなど、様々な感情が入り乱れてのものだったが、そうした感情の一部には、淡い喜びに近いものも確実に紛れこんでいた。

ああ、やはり視えるのだ……という淡い喜びめいた一念である。

昨年十一月頃を境に鳴りを潜めていた私の「視える」という特質は、復活から半年を迎える今となってもなお、その機能を正常に保ち続けていた。

物心のついた頃から、いわゆるお化けや幽霊などと呼ばれるたぐいが自然と目に視え、そうした世界観が当たり前のように生きてきたというのが、不肖私という人間なのだが、昨年十一月頃を境にして、こうした感覚が突然潰《つい》えたように機能しなくなってしまう。

停滞期間はおよそ三月《みつき》近くにもわたり、一時は二十代の頃から始めた拝み屋の仕事も廃業を検討せざる得ない状況にまで心が追いこまれたこともある。

それが紆余曲折の末、全てが元通りの形に治まって、なおかつ回復から半年を迎える今となっても特にこれといった不具合は認められないのだから、推して知るべし。

喜ばしいことだった。妙な具合に思えるだろうが、斯様《かよう》な安堵に裏打ちされた喜びは、たとえ深夜の山中で馬鹿でかい女の脚と出くわしても仄かに生じてしまうほどだった。

およそ三月。日にちに換算すれば、たかだか九十日程度の期間。捉えようによっては、ちょっとした人生の寄り道のような日数と思えなくもないが、私にとっては三年間にも三十年間にも感じられる、それは長くて耐え難い人生の停滞期間だった。

去年の春先に発覚した特殊な膵炎《すいえん》のほうは、相変わらず持病という面目を貫きながら折々に痛みを訴え、私を悶《もだ》えさせていたものの、その他の件については概ね良好だった。

昨年十二月には「視える」感覚が潰えたあとを追うように、己が作る御札や御守りになんの効力も宿らなくなるという事態も発生していたのだけれど、こちらも現在は回復。

それに加えて、魔祓いや憑き物落としといった、強い威力を伴うお祓いを執り行うと、決まって膵臓《すいぞう》が痛みだすという厄介な症状もあったのだが、こちらもだいぶ良くなった。よほどの無理をしない限り、強い痛みは起こらなくなっている。今年の春先からすでに何度も実証済みで、以前のように寝込むほどの反動が生じることは一度もなかった。

諸々の事象が回復と解決に至った経緯については、あまりに事情が込み入っているし、語れば長くなりすぎるので割愛する。それはまた、別の本での話ということにしておく。

この物語で肝心なのは、拝み屋としての私が概ね元の状態に戻ったという事実である。「完全に」とまでは表せないまでも、破格の回復ぶりであることに間違いはない。

おかげで仕事はそれなりに順調だった。特異な感覚が停滞期間に辞退していた案件も再び引き受けられるようになったし、それらの成果についても、依頼主から一定基準の満足はしてもらえる対応ができるようになった。手前味噌で恐縮なのだが。

あと三年で開業から二十年目を迎える拝み屋稼業は、どうやら二十周年記念の祝いを諦めずに済みそうである。改めて振り返ってみても決して平板な道のりではなかったし、節目ごとには耐え難いほどの悲愴や辛苦に心を押し潰されるような場面も数多に生じた、波乱万丈の道のりでもあった。特異な仕事柄、お化け絡みで恐ろしい目に遭ったことも百や二百の数では収まらない。

斯様にどちらかといえば過酷な生業であるというにもかかわらず、調子が元に戻れば安堵が押し寄せ、これから先も続けていこうと思えるのは、仕事の役目に裏打ちされた使命感や正義感のたぐいに基づくものではない。そうした感もないわけではないにせよ、動機の大部分を占めるのは、性《さが》や業のようなものではないかと感じている。

言うなれば、身も心も自分が拝み屋であり続けたいと欲する、本能じみた願望である。長らく務めを負い過ぎた。今さら他の何者かになれる気はしないし、なるつもりもない。これから先も拝み屋であり続けたいという願いが、私の心を弛《たゆ》まざるものに固めていた。

水谷源流

「お前、今度は東京、いつ行くんだ?」

「東京ですか。来週ですけど、なんでしょう……?」

相変わらず、厳《いか》めしい響きがこもる嗄《しゃが》れ声の問いかけに、私は困惑めいた答えを返す。

深夜の山中で異様に長い女の脚と行き違ってから、二日後のこと。

夕暮れ時、午後の仕事が終わってまもない時間に、水谷源流《みずたにげんりゅう》から電話が入った。

水谷さんは、私の師匠筋に当たる人物である。御年七十半ばを迎える老齢の拝み屋で、我が家からほど近い、隣町の一角に仕事場を構えている。詳細までは忘れてしまったが、拝み屋としての経歴は、確実に四十年は超えているはずである。

師匠筋といっても、水谷さんは「煩《わずら》わしい」との理由から、弟子のたぐいを取らない主義だったので、明確な師弟関係にあるわけではない。

ただ、二〇〇二年の初夏に私がこの仕事を始めた折には、なんとも数奇な縁があって形式的な弟子にしてもらうことができた。開業から数年の間は、週に数回程度の割合で彼の仕事場に呼ばれ、拝み屋としての心得や加持祈祷《かじきとう》の基本などを学ばせてもらった他、依頼主が持ちこむ相談事にも実地で携わらせてもらっている。

こうした諸々のレクチャーは、私の開業開始から年が経つごとに比例して減っていき、やがて五年も経つ頃には、駆け出しの拝み屋を育てる名目での呼びだしは皆無となった。代わりにその後は、私のほうに仕事を回してくれたり、水谷さんが独りで手掛けるには少々厄介そうな案件が出た時に、助力として呼びだされたりする関係に変わっていった。今になってもこうした関係自体に変わりはない。

ちなみに「心瞳」という私の拝み名を考案してくれたのも、他ならぬ水谷さんである。姓名判断で、拝み屋の仕事にふさわしい運勢を持つという画数を選んでつけてもらった。字面のほうにも確かな意味があったはずだが、こちらについてはよく覚えていない。

電話口から水谷さんが尋ねてきた「東京」というのは、私の仕事に関する用件である。月に一度、主には月の半ばを過ぎた三週目の週末を基本にして、私は都内へ出張相談の仕事に出掛けている。金曜から日曜までの三日間、泊まりがけでの出張である。

体調が悪い時には断念することもあったが、膵臓を悪くした去年も概ね毎月参じたし、今月も予定どおりの日程で出発することになっていた。相談枠もほどよい件数と間隔で埋まりつつあったので、都内で過剰に暇を持て余すことはなさそうである。

「予定が全部埋まっていないんなら、ひとつ仕事を頼まれてくれないか？」

私の答えを聞くなり、水谷さんがさらに問いを被せてきた。他ならぬ我が師の頼みを断る理由はないのだが、それでも一応、詳細を知らないことには答えようがなかった。

「構いませんけど、どういう仕事になるんでしょう？」

「似鳥《にとり》さんって、覚えているか？」

尋ね返した私に水谷さんが発した苗字は、耳になんとなく覚えがあるものではあった。言いぶりからすると、以前にふたりで相談事に関わった依頼主の苗字で間違いなかろう。ただ、その似鳥さんというのが性別を含めてどんな人物で、どういった内容の相談事を手掛けることになったのかについては、まったく思いだすことができなかった。

「覚えてません」

素直に答えた私に、水谷さんは一拍置いて「人魂と墓場の家だよ」と返してきた。

それで古い記憶が少しだけ、脳の襞《ひだ》から沁みだすように蘇ってくる。

同時に似鳥さんの顔も朧《おぼろ》げながらに思いだした。正確には、似鳥さんたちの顔である。依頼主は確か、三人家族だったはずである。古いと言ってもずいぶん古い記憶だったし、のちに悪い尾を引くような依頼でもなかったはずなので、すっかり忘れ去っていた。

確認を求めて思いだしたことを水谷さんに伝えていくと、やはり間違っていなかった。「人魂と墓場の家」の似鳥さん一家である。

「今さっき、似鳥さんの奥さんから電話で連絡が入ったんだ。今は東京に暮らしていて、よければ家を見てほしいって話だった。お前、俺の代わりに行ってきてくれるか？」

心持ち、申しわけなさそうな声音で水谷さんは言った。

私に御鉢を回す事情については承知しているので、仕事を引き受けることについてはどうということもなかったのだが、そうした一方で「また家に関する依頼か？」と思う。もしや今度も何かが起きているのだろうか。

水谷さんの言葉に耳を傾けるさなか、私の心は漫然と昔の記憶をたどり始めた。

人魂と墓場の家

今から十五年前のこと。二〇〇四年の、やはり六月半ば辺りのことである。

その日の午後、私は水谷さんがハンドルを握る車で、県北の田舎町にある似鳥さんの家に向かっていた。目的は水谷さんの補助を兼ねた、実地の研修といったところである。

当時、私は拝み屋の仕事を始めて二年目を迎えた時期、歳は二十四を数える頃だった。のちに毎夜のごとく大酒を喰らうようになり、最後はくたびれきった膵臓に不治の病を抱える羽目になるなどという悲惨なオチがつく、はるか前の時代と言い換えてもいい。

さらに付け加えるなら、まだまだ大して仕事で痛い目に遭ったこともない時期だった。

「痛い目」というのは、たとえば依頼主からの理不尽なクレームや、相談料金の未払い、仕事で関わったお化けに殺されそうになるなど、あらゆるマイナス要素を包括している。

水谷さんの教えどおりに道を歩んでいれば、全てにおいて概ね平穏な日々が続いていた。

前日かかってきた電話で水谷さんから少し聞いた話では、これから向かう似鳥さんの依頼事は、現在住んでいる家を見てもらいたいとのことだった。

といっても、別に幽霊お化けのたぐいが出ているわけではないし、何がしかの怪異が発生しているわけでもないらしい。ただ、それでも少し気になるきっかけがあったので、本職の目から一度、住み家の安全確認をしてもらいたいとのことだった。

よくある依頼内容だったし、仮に依頼主のほうが「お化けが出る」と主張していても、実際はなんらの問題もないというケースの多い相談事でもある。

たとえば深夜に背筋がぞくりとなったり、たまさか一、二度金縛りに遭ったぐらいで、家に何かがいるという証左にはならないし、そうした事態が頻発していないのであれば、なおのこと疑惑は薄まっていく。季節的な雰囲気にも後押しされてしまうのだと思うが、こうしたご認識による出張相談は、夏場にとりわけ増える傾向にある。

依頼主が「いる」と訴える案件でさえも空振りが多いのだ。ましてや具体的な異変が認められない家なら、結果がクロという可能性は限りなくゼロに近いように感じられた。開業二年目の駆け出しでもそれなりに場数は踏んでいたので、結果は読むことができる。けれどもそうしたなかで、ひとつだけ解せないこともあった。

「本当に何か、いそうな感じがするんですか？」

無数の水稲が青い葉先を尖らせる田園地帯を進むさなか、水谷さんに問いかけてみる。依頼の取っ掛かりだけから判断しても、特に大きな問題がなさそうに思える仕事先に、どうしてわざわざ私を同伴させる気になったのか？　真意を伺う意味での質問である。

水谷さんは「分からん」と答えた。続けて「分からんから、油断はしない」とも言う。

「俺たちの仕事に『絶対』なんてことはない。それなりにこだわりの強い流儀があって、仕事の中身に見合った段取りもするが、だからと言ってかならず通用するもんでもない。特に化け物絡みの案件になると、こっちの構えを遥かに超えた動きに出てくる奴もいる。たとえこっちが型通りに収めていこうと思っても、向こうにそんな都合は通用しないし、隙を見せれば命取りになりかねないこともある。だからこの目で様子を確かめるまでは、現場で何が起きているのかは分からんし、状況次第で何をすべきになるかも分からない。仕事で痛い目に遭いたくないなら、いつでも最悪の事態に備えて構えておくといい」

つらつらと言い終えると水谷さんはつかのま、少々呆れたような目つきで私を見据え、それから再び視線を前方の車外に戻した。

正論である。ありがたい教示でもあった。またひとつ、いい勉強になったと思う。

だが、疑念のほうは晴れなかった。

水谷さんが私を仕事に誘う時は、私に何かを学ばせるためか、私の手が必要とされる案件である場合が多い。どちらにも条件が該当しない仕事というのは、極めて稀《まれ》だった。

今出た水谷さんの言いぶりから推察しても、真意については計り知れないものがある。

「どんな仕事であっても油断はするな」という気づきを与えるための声がけだったのか。それとも何やら、事が大掛かりになりそうな予感を覚えての声がけだったのか。

あれこれ思いを巡らせても、今の時点で答えが定まることはなかった。


出発から四十分ほどで、似鳥さん宅へ到着する。

敷地の裏手に雑木林が生い茂る、宮城の田舎ではよく見る景色を背負った屋敷である。

坪数は五十ぐらいといったところだろうか。狭い庭に囲まれる形で、木造平屋建ての古めかしい造りをした家屋が敷地のまんなかに立っている。門口を挟んで延びる道路の向こうには田んぼと畑、それから民家がまばらに立っている。

これらも宮城の田舎ではよく目にする、ごくありふれた風景である。車中から様子をうかがう限りでは、家のほうから不穏な気配や印象は何も感じることはなかった。

車が門口を抜け、前庭に停まろうとするのを見計らうようにして、家の玄関戸が開く。続いて中から三人組の一家が出てきた。私と水谷さんも車外へ降り立つ。

「こんにちは、本日はお忙しいところ、ありがとうございます！」

弾んだ笑顔で私たちに初めの挨拶をしてくれたのは似鳥家の主人、三紀夫《みきお》さんである。歳は三十代半ば。柔和でとっつきやすい雰囲気をした男性だった。

水谷さんが挨拶を返し、私のことを紹介する。続いて私も三紀夫さんに挨拶を述べる。それが済むと、今度は三紀夫さんが家族の紹介を始めた。

妻の美知子《みちこ》さんと娘の日向子《ひなこ》ちゃん。美知子さんも三紀夫さんと同年代。夫と同じく、柔和で朗らかな印象を持つ方だった。頬筋に浮かぶ笑みも優しい。

娘の日向子ちゃんは小学三年生。彼女も美知子さんに促され、快活な笑みを浮かべて挨拶をしてくれた。

ちなみにこの日の訪問時、水谷さんは白の上衣に紫色の袴《はかま》という装いで、私のほうは黒い着流しに羽織という出で立ちだった。どちらも仕事時における正装である。

ともに小さな子供の目から見れば、微妙な威圧感が漂う恰好だというにもかかわらず、身構えるようなそぶりも見せずに挨拶をしてくれた日向子ちゃんを好もしく感じる。

「中へどうぞ。実はもうひとり、家族がいるんですよ」

美知子さんに誘われるまま、玄関戸をくぐって家の中へとお邪魔する。居間へ通され、備えられたローテーブルにつくと、隣の部屋から「みゃあ」と声が聞こえてきた。

それから一拍置いて、細く開いたガラス障子《しょうじ》の隙間から、猫が居間の中へ入ってくる。模様は茶虎。グリーンの瞳と愛嬌のある顔つきをした、可愛らしい雰囲気の猫である。

「バターっていうんです。前の家の時から一緒に暮らしている、我が家の一員です」

お茶を淹れながら美知子さんが言う。

バターは居間に足を踏み入れると障子戸の前で歩みを止め、私と水谷さんを一瞥した。それが済むと再び歩きだし、居間の隅に置かれている「バターの家」とマジックペンで入口の上に手書きされた段ボールハウスの中へ潜りこんでいった。

「どうでしょう？　何か感じてこられるようなものはありますでしょうか？」

最前まで浮かんでいた笑みを少し薄まらせ、三紀夫さんが私たちに尋ねてくる。

「いや……まだなんともお答え致しかねますが、その前にもう一度、今回の件に関するあらましを聞かせていただけないでしょうか？」

静かな語調で発した水谷さんの問いかけに、三紀夫さんがさっそく言葉を紡ぎ始める。

三紀夫さんと美知子さんの似鳥さんご夫妻は、若い頃から写真関係の仕事をしている。互いの出身地も同じく、東京。仕事が縁で結ばれたという。

ふたりは二十代の半ばを迎える時期から仕事に関する目的があって、手頃な住まいを探しながら全国を転々と暮らすようになった。

初めは新島《にいじま》、次は博多、続いて釧路。宮城の田舎に居を移したのは、日向子ちゃんの転校に合わせた今年の四月、すなわち三月ほど前のことだという。

結婚当時は都内で暮らしていたとのことなので、今回を含め、似鳥家はこれまでの間、合計五回の引越しを経験してきたということになる。間隔については意識していないが、新しい土地に移り住んで仕事の目標を達するまでが、およそ二年から三年のことなので、それを目途に次の目標を定め、新たな土地を探す流れになっているのだという。

「二週間ぐらい前なんですけど、こっちに越してきてから知り合った仕事関係の女性に『この家、なんかおかしい』って言われてしまったんですよね……」

苦笑気味に三紀夫さんが語るには、件の女性が初めて家に訪ねてきた二週間ほど前に、そんなことをふいに洩らした一幕があったのだという。具体的に何がどうのという話は出なかったが、「何かが微妙におかしい」というのが彼女のこぼした感想だった。

「昔から霊感が強い人みたいで、時々変なものを目にしたり、声を聞いたりすることがあるらしいんです。この家については、そういうこと自体はなかったようなんですけど、なんとなく空気が普通じゃないというか、目には視えない何かがいる気配がするような、そんな印象を感じ取ってしまったみたいです」

真偽のほうはともかくとして、出し抜けに言われて気分が良くなるコメントではない。それで案の定、不安になってしまった似鳥夫妻の「どうしたらいいでしょう？」という質問に彼女から返ってきた答えが、今回の依頼に繋がってくる。

「『本職の方に一度、くわしく見てもらったほうがいい気がする』という話だったので、今日はご足労をいただいたのですが、実際的にはどういったご印象でしょうか？」

「そうですな。答えを焦らすようで大変申しわけないのですが、この後に御宅を一通り拝見させていただいてから、結果を申しあげるように致しましょう」

淡い笑みを交えて返した水谷さんの答えに三紀夫さんはうなずき、それからつかのま、美知子さんの淹れてくれたコーヒーを飲みつつ、みんなで雑談に興じた。

「ところで皆さんは、これまで家の内外で妙な体験をしたことはないんですか？」

雑談のさなか、私が向けた問いかけに一家の答えは「ＮＯ」だった。

三月ほどこの家に暮らしてからこっち、世の習いとして「怪異」と見做《みな》されるような不可解な現象は、一切体験していないという。それについては以前までに暮らしていた各地の家でも同じとのことだった。

「きっと霊感がないんでしょうね」と美知子さんが笑う。

「でも、お化けの番組は好き。みんなで怖がるのが面白い！」と日向子ちゃんが答える。

似鳥さん宅に到着してから、そろそろ三十分近くが経とうしていたが、私自身も別段、家の中から不審な気配を感じることはなかった。日当たりが悪いわけでもなく、空気が淀んでいるわけでもなく、造りが古びている以外は、至って普通の家という印象である。

キリのいいところで話を終え、似鳥家の三人に案内されながら家の中を見て回る。

台所、風呂場、トイレ、納戸の四つを除くと、家には全部で四つの部屋があった。

東側の正面に玄関があり、三和土《たたき》をあがった真正面が居間、玄関口に面した西側には広縁が延びている。居間の奥、先ほどバターがガラス障子を開けて入ってきた向こうは、台所になっていた。居間の広さは八畳、台所は十帖ほどの広さがある。

居間の西側には襖《ふすまど》が立てられ、襖を開けた先は居間と同じ八畳の座敷になっている。座敷の西側にも襖戸があり、こちらも開けると八畳の座敷になっていた。

二間の座敷はそれぞれ、似鳥夫妻と日向子ちゃんの寝室兼私室として利用されている。座敷の南側には障子戸が立てられており、開けると家の南側に面した広縁が延びている。玄関口から俯瞰《ふかん》して西側に延びる広縁は、二間の座敷の前を抜けた先から右側に折れ、今度は家の東側に沿いながら、北側に向かって延びていく。

北に面した側には、トイレと風呂場と納戸が並んでいる。広縁はトイレの前で途切れ、今度は再び右へ折れる形で、広縁の代わりに家の東側に向かって廊下が延びる。

廊下を挟んだ風呂場の向かい側には八帖の洋室。こちらは似鳥夫妻の仕事部屋である。間取りとしては、家の西側に面した座敷の裏側に位置する部屋ということにもなる。

トイレのほうから東側へ向かって延びる廊下の終着点は台所。こちらは擦りガラスの引き戸で廊下と戸口が隔てられる形となっていた。台所には居間へ通じるガラス障子の引き戸もあるので、二ヶ所から出入りができるということになる。

全体像を改めると家の東側を除く場所には、コの字を反転した形の広縁と廊下が通り、東側には居間と台所が南北に連なっているという形になる。

全ての部屋を拝見させてもらい、いずれの部屋にも神経を最大限に張り巡らせながら調べていったのだが、やはり怪しいものや気配を感知することはできなかった。

水谷さんから事前に聞いていたのだが、瑕疵《かし》物件のような家でもないとのことだった。大家は以前暮らしていた住人で、十五年ほど前、隣町に新居を建てるのを機にして転居。以後は借家として貸しだされている。

似鳥さんの家族が暮らす前には、他県から移り住んできた一家が暮らしていたのだが、こちらの一家も八年近く暮らしたのちに、新居を建てるのをきっかけにして出ていった。その後、家は二年半ほど借り手がつかなかったが、今はこうして似鳥家の三人と一匹が暮らしている。近隣住民たちから、家に関する不穏な噂を聞くこともないという。

最後に仕事部屋を見させてもらったところで検分が終わり、三紀夫さんから三度目の「いかがでしょう？」が私たちに向けられる。

先に調べた各部屋の評価と同じく、「特に」というのが私たちの返答だった。

「ということは、安心しても大丈夫ということでよろしいのでしょうか？」

先ほどまで神妙な顔つきをしていた頬を薄っすらと緩ませ、三紀夫さんが尋ねてくる。満面に安堵の相が浮かびかけるそのさまは、当然の反応だろうと思った。

別にこの一家は、自分たちが暮らしている家にお化けがいることを証明してほしくて、我々を招いたわけではないのだから。むしろ逆の結果を求めての招待である。

最後の部屋を見終える段に至っても、水谷さんの答えが「特に」ということであれば、やはりこの家はシロという結論になるだろうと思った。締めの答えを待つことにする。

「いや、悪いがもう少しだけ待っていただけますか？」

ところがこちらの案に相違して、我が師の答えは煮え切らないものだった。

無数のカメラを始め、撮影用の機材が所狭しと並ぶ仕事場を抜けだすと、水谷さんは家の北側に面した薄暗い廊下の上に立った。続いて腕を組みながら、難しげな顔つきで台所のほうに向かって歩きだす。私たちもあとに続いた。

「なんだかうまく言い表せないんだが、どうにも釈然としないんだよな」

こちらを横目で見やりつつ、水谷さんがぼやくような口調で言う。

「何かがいそうな感じがするんですか？」

「いや、それも含めて釈然としない」

私の問いに答えながら、水谷さんは台所へ通じるガラス戸を開け、中へ入っていった。居間の次に拝見させてもらった場所で、何も異変は感じられなかった場所である。

私も入ったのだが、やはり感じるものは特になかった。再び声をかけようとするまに水谷さんは身を翻《ひるがえ》し、私とすれ違う形で廊下のほうへ戻っていく。

「うーん……」と低い唸《うな》り声をあげながら、水谷さんは緩い足取りで廊下を戻っていく。

仕事部屋の前では似鳥家の三人が、我が師を見守るような目つきで立っていた。

あとを追って私も続く。水谷さんが似鳥家の三人の前まで至ろうとしていた時である。

私の身体に幽《かす》かな違和が生じた。

首筋に生える産毛《うぶげ》がゆっくりと逆立ち、意思を帯びてふわふわと踊りだすような感じ。

特異なものを感知した時、稀《まれ》に表れる生理的反応の一種である。

私が「あっ」と声を洩らすより先に、水谷さんはこちらに顔を向けていた。

先ほどまでとは表情が違う。目つきも鋭い。どちらからも迷いの色が消えている。

「行くぞ」

こちらを顎《あご》で短くしゃくると、三紀夫さんに「外を拝見させていただきます」と断り、水谷さんは玄関口へと向かっていった。私も急いで追いつき、隣に並ぶ。

三紀夫さんたちもついてきた。五人で玄関を抜けだし、外へ出る。

特に何も言われはしなかったが、私と水谷さんが向かう先は同じだった。裏庭である。

玄関前から家の東側に回り、北側に面した裏庭へ進む。首筋の産毛が逆立つのと同時に、異様な気配を感じたのである。気配は微弱ながら、裏庭のほうから感じ取れた。

折よく気配の正体はすぐに見つかる。裏庭の奥に広がる雑木林の前にそれはいた。拳大の白い球体が、月のように仄かな光を滲《にじ》ませながら、木立を背にして浮いている。人魂のたぐいである。地面から一メートル半ほどの高さに浮かんで、ふわふわとした緩慢な速度で、上下にゆっくりと揺らめいている。

目にしてまもなく、人魂は木立の中へ吸いこまれるように消えていった。

水谷さんのほうは「視たか？」などと、私に尋ねはしなかった。代わりに一拍置くと、鋭い目つきのまま、無言で人魂が消えていった木立のほうへ進んでいく。

私も続いて木立の前に立つ。足元に生い茂る灌木と、丈高く生えた下草に阻害されて少々分かりづらかったが、雑木林の中には細い道が延びていた。

覗きこんで目を凝らすと、道筋の上には木が生えていないのがありありと見えたので、格段に分かりやすくなった。道は緩やかな蛇行を描きながら、雑木林の奥へと向かって延びている。

「こちらはどこに続いているか分かりますか？」

水谷さんが、傍らに立つ三紀夫さんたちに問いかける。「知らない」とのことだった。裏庭にはほとんど来ないので、今まで気づかなかったという。

「何か感じるんですか？」と三紀夫さんが尋ね返してくる。

ということは、今の人魂を目にしてはいないのだろう。美知子さんと日向子ちゃんの様子もうかがってみたが、特に怯えた気配は見受けられない。

それなら結構なことである。なるべく余計なものは見ないで済むに越したことはない。事が無事に解決したとしても、記憶に焼きつけられた情景のほうは消えることがないし、そうした情景が不穏なものであればあるほど、心に大きな傷を残してしまう場合が多い。平素は人の目には視えないものなど、視ないで済むならそれに越したことはないのだ。

水谷さんは三紀夫さんの問いには答えず、黙って木立の中へ入っていく。仕事支度の着物が汚れるだろうと思ったが、おそらくそんなことは意にも介していない。

私も藪《やぶ》を掻き分け、あとに続く。少し進んだところで背後から草葉が騒ぐ音が聞こえ、振り返ると三紀夫さんたちも私たちに続いてくるところだった。

うっかり「待っていてください」と言うのを忘れていたことに気がついたのだけれど、水谷さんのほうもそうしたことはひと言も言っていない。ならばよかろうと割り切る。

荒く繁った樹々の枝葉を両手で払いのけながら五メートルも歩いていくと、目の前の視界が開けてきた。木立の先に空洞めいた、小さな草場が広がっている。

「墓がある」

草場に抜け出てまもなく、前方を指差しながら水谷さんが言った。私も続いて草場に出るなり、我が師が示すその先に言われた物を認めることができた。

確かに墓がある。モノリスのように平たく長い形をした墓石が四基、葉先を尖らせて生い茂る青草に下半分を埋まらせながら、横一列に並んでいる。

「誰のお墓なんでしょう?」

草場に出てきた三紀夫さんが、墓石を見ながら言う。

水谷さんは墓石の表へ順繰りに顔を近づけ、まもなく「分かりません」と答えた。

私も一頻《ひとしき》り検《あらた》めてみたのだが、表に彫られている文字は風雨に削り取られて浅くなり、いずれもろくに判読できるものではなかった。石自体も全体が泥を吸ったように黒ずみ、やはり風雨の影響で縁の部分が丸くなったり、ぼろりと欠けている箇所が多く見られた。

一目しただけで、かなり古い時代に立てられた墓だというのは容易に察しがついた。

「供養をさせてもらったほうがよろしいでしょうな。供物のご用意を願えますか?」

水谷さんの求めに三紀夫さんは合意し、思いもよらない流れから急遽、供養の準備を進めていくことになった。

その後、全員で家のほうへと戻り、美知子さんは水谷さんに教えられた供物の支度を。

一方、三紀夫さんのほうは、電話で大家に連絡を取り始める。

墓石の由来などを尋ねてみたのだが、大家の答えも「分かりません」とのことだった。墓石の存在自体は知っていたが、誰の墓かも、いつ頃立てられたものかも不明だという。ただ、墓がある雑木林自体は大家が所有している土地で間違いないとのことでもあった。

疑問についてはひとつも解明されなかったということになるが、唯一朗報だったのは、墓の供養は独自にしてもらって構わないとのことだった。丸投げされた感も否めないが、似鳥さん宅が借地である以上、無許可で墓の供養をするのは、筋道としてよろしくない。墓の由来などよりむしろ、許しが出たということのほうが幸いだった。

「だったら供養じゃなくて、魂抜きをするか」

三紀夫さんの報告を受けて、水谷さんは方針を切り替えると言った。由来も分からず、土地の所有者も手を合わせる気がない墓なら、供養の経を捧げてなまじに慰めるよりも、墓そのものの役目を引きあげて、ただの石に戻してしまうのが最善だろうという。

私も同感だったし、三紀夫さんたちもそれで構わないとのことだった。美知子さんが供物の準備を終えたのを見計らい、再び五人で墓の前まで戻る。

墓石の下半分を覆う青草を私と三紀夫さんが踏みならして、どうにか地面を平らにし、そこへ美知子さんと日向子ちゃんが、握り飯や煮しめ、お菓子などの供物がのせられた紙皿をそれぞれの墓前に並べていってくれた。

供物の配膳が済むと、水谷さんによる魂抜きが始まる。墓の前に立って経文を唱える水谷さんの斜め後ろに私も陣取り、そらで唱えられるところは諷経《ふぎん》の形で声を揃えた。

十分ほどで滞りなく終わる。

先刻、木立の中で墓石を見つけた時点で、特にこれといって墓石から異様な雰囲気を感じることはなかったが、魂抜きの儀式が終わったあとは、ただの石に戻ったと感じた。周囲に新たな気配を感じるようなこともない。

水谷さんも先ほどまでとは一転、すっきりしたような顔になっていた。

その後、再び家の居間へと戻って、水谷さんが似鳥家の面々に総括を告げたところで、この日の仕事は終わりとなった。

要点をあげると第一に、似鳥夫妻の知人が訪問時に感じ取ったのは、裏の墓場に眠る古い時代の死人たちの気配だった可能性が高いということ。第二に、墓場の死人たちはおそらく悪気があって、気配を漂わせてきたのではないだろうということ。

そして第三に、今後は何も心配する必要はないだろうから、安心して過ごしてほしい。ただし、万が一にも新たな異変が起きたら、その時には遠慮なく連絡をしてきてほしい。

こうしたことを細大漏らさず伝え、三紀夫さんたちも納得してくれたことを確認して、私たちは門口まで一家に見送られながら帰途に就いた。

その後に水谷さんから、似鳥家で新たな異変が起きたという話を聞くことはなかった。不穏当な話になってしまうが、続く用件でも発生して、再び水谷さんと似鳥家を訪ねる機会でもあれば、記憶がもっと鮮明に残っていたのかもしれない。

だが、十五年前に私が携わった似鳥家の怪事は、この時一度限りの関わりとなったし、怪異についてもさほど印象に残るものではなかったせいか、しだいに私の記憶の中から霞《かすみ》のように薄れて、そのうち思いだすことさえなくなっていってしまったのである。

今月の予定

おおよそ、こうした流れがあっての顛末《てんまつ》だったはずである。思いだすことができた。

「あの後に俺は、もう一度だけ似鳥さんの家を訪ねている」

電話口で水谷さんが語るには、白い人魂と古い墓場の件があって二週間ほど経った頃、三紀夫さんから再び仕事の依頼があったのだという。

といっても不吉なことがあっての依頼ではない。家祓《いえばら》いに関する依頼だった。

家祓いというのは、住まいにわだかまる陰気や邪気のたぐいを祓い清める儀式である。新築の住まいなどに関しては、土地神さまに対するお札と挨拶も含めた屋敷祓いという儀式の中に、右の願いも包括されて執り行われる。

陰気や邪気という言葉に注視すると物々しい風合いを感じるが、家祓いにはそうした怪しげな気だけではなく、過去の不要な痕跡を祓い清めるという目的も含まれる。

要は、長年暮らし続ける家の中に堆積していった、後ろ向きな思いや記憶が織りなすマイナスの気をリセットすると言うべきか。家祓いには斯様な目的も含まれるのである。

中古物件に関しては、以前の住人たちが残していった記憶の痕跡を祓い清めるために執り行われる場合が多い。三紀夫さんの願いも、概ねそうしたものだったという。

「『せっかくだから、家祓いのほうもお願いします』ということだったんで請け負った。滞りなく拝んで帰ってきて、あとはあの人たちとはそれっきりだったな」

「そうですか。今の東京のお家に移られて、三紀夫さんはお元気なんですか？」

「亡くなった。二年だか前に、重い病気で逝ったと奥さんから聞いた。今の東京の家に住んでいるのは、奥さんと娘さんのふたりだけだ」

思いがけない答えを聞いて少なからず動揺してしまったのだが、三紀夫さんの逝去に不穏な背景があるわけではなさそうだった。天命だったのだろうと受け止める。

十五年という歳月を隔てて、美知子さんが水谷さんに連絡をよこした用件というのも、家祓いの依頼だった。といっても、昔のように知人から「家の気配がおかしい」などと言われて依頼してきたわけではない。少し前から暮らし始めた都内の一軒家というのも中古物件なので、なんとはなしに縁起が気になっていたのだという。

そんな時に思いだしたのが、昔世話になった水谷さんで、可能であれば都内の家までお祓いをしに来てもらえないか、というのが美知子さんの願いだった。

ところがそれを可能とできないからこそ、水谷さんは代打で私に依頼を回すのである。しばらく前から水谷さんは肝硬変《かんこうへん》を患って、何度か入退院を繰り返すことになっていた。仕事のほうは身体の様子を見ながら（と言いつつ）ほとんど従来どおりに続けていたが、それはあくまで自分の仕事場か、地元の出張相談に限られていたのも事実である。

昔から弱音を吐かない性分なので、電話口でこうした事情は一切口にださなかったが、思わしくない容態が続くなか、はるばる東京まで出向くのは難しいと判断したうえでの代行依頼というのは、わざわざ確認するまでもないことだった。

正式に承諾すると、水谷さんは今回の出張相談で私が空いているスケジュールを尋ね、「悪いな」と結んで一旦通話を切りあげた。それから十分ほどして、掛け直してくる。美知子さんのほうも、私が代わりに家まで伺うということで構わないとのことだった。電話番号を伝えたので、のちほど本人からも連絡があるだろうとのことである。

「気をつけていってきてくれ。先方によろしくな」

「承知しました」と答えたのを最後に、この日の水谷さんとのやりとりは終わった。

家祓いを所望してくれた美知子さんの許《もと》を訪ねるのは、出張二日目の午後二時である。現在の住まいは八王子にあるとのことだった。

今回も金曜から日曜までの三日間でスケジュールを組んである。

往復の交通手段は夜行バス。行きは仙台から午後十時台のバスに乗り、帰りのほうは日曜の日付を跨ぐ零時過ぎのバスに乗る。新幹線を使わないのは経費節約のためである。

宿泊先は都内で出張仕事を始めた頃から定宿にしている、新宿区内のカプセルホテル。こちらを利用し続けているのも経費節約のためだったが、他にも大きな理由があった。

すでに五年近くも利用させてもらっているというのに、私はこのホテルでの宿泊中に一度も怪異に見舞われたことがないのである。

私はなぜだか昔から宿運が最悪なようで、とりわけ都内の宿泊施設に泊まった時には、かならずと言っていいほど怪異に見舞われていた。それも大半が竦《すく》みあがるレベルの。

ところが五年近くも世話になっているこのカプセルホテルに限っては、ただの一度もお化けに出くわしたことがないし、その他の怪しい事象を体験したこともない。

場所は歌舞伎町のすぐ近くにあるのだが、宿泊客で物騒な人物を見たこともないため、「奇跡のホテル」と勝手に称して、長らく愛用させてもらっているのである。

重いのも嵩張《かさば》るのも嫌なので、荷物はいつも最小限にまとめている。仕事で袖を通す黒い着物一式も、依頼主からお祓いや供養に関する希望がない場合は、持っていかない。相談場所は、依頼主の自宅や仕事場を指定されれば直接伺うが、基本的には新宿駅の近くにある喫茶店でおこなっている。相談時間は原則として、二時間を目安にしていた。ここでも着物姿になって仕事はしない。普段着で依頼主と接するようにしている。

今回は美知子さん宅の家祓いがある都合で、着物も荷物に入れなければならなかった。いつも出張用に使っているショルダーバッグとリュックの他に、畳んだ着物を詰めこむ手提げカバンも荷物に加わる。

その他、今回の出張にはアッカちゃんも一緒に連れていくことにした。

アッカちゃんというのは、手のひら大のぬいぐるみである。

レッサーパンダのような見た目をしているのだが、特徴が一致しない箇所も多いので、モデルがなんの動物かは分からない。身体の色は焦げ茶と白のツートーン。尻尾は太い。狸のようにも見えるが、カラーリングが一致しないので、やはり正体は不明である。

アッカちゃんは五年前の春、某怪談専門誌が企画した取材旅行で、岩手県の安家洞《あっかどう》を訪ねた時、売店の回転ラックにぶらさがっていた。それも一匹だけ売れ残った状態で。

哀愁漂うその姿がいとも不憫に思えてならず、衝動的に買い求めてしまったのである。

ちなみに売店の商品棚は、全体的にがらがらだった。廃業する直前だった可能性がある。

事実であれば、廃業後にアッカちゃんは処分されてしまうのではないだろうかという悲壮感も後押しとなって、私はこみあげる恥ずかしさを堪えながら腹を決めたのだった。

ちなみに名前は商品名ではなく、安家洞にちなんで私が勝手に命名したものである。

回転ラックにぶらさがっていただけあって、アッカちゃんはぬいぐるみの役を兼ねたキーホルダーでもある。後頭部にストラップが付いている。

二年ほど前まではショルダーバッグの前側にぶらさげて、旅のお供にしていたのだが、どこぞの怪談イベントに出演した際に共演者から「キモイっすねえ!」と笑われて以来、向かっ腹が立って自粛していた。だが今回は連れていく。

それなりに明確な理由があってのことだった。細工は流流《りゅうりゅう》仕上げを御覧じろ。

その他の仕事に応じた手はずも思案しながら、私は来たる東京出張相談に備え始めた。

お参り小僧

宮城県の中部に位置する、片田舎での話。七〇年代の中頃にあったことだという。
当時、小学生だった阿崎《あざき》さんの家の近所に、武吉《たけよし》くんという男の子がいた。
彼は阿崎さんより三歳年下で、幼い頃に両親と死別。祖母とふたりで暮らしていた。
武吉くんの両親は、彼の家の近所にある墓地に眠っていた。
周囲に広がる土地より一段高い土手の上にある、こぢんまりとした造りの墓地である。
武吉くんは放課後になると、この墓地をよく訪れ、両親の墓前に手を合わせていた。
墓地は阿崎さんの家に続く道中にあったので、彼の姿は見るともなしによく見かけた。
武吉くんは両親の墓前に合掌したあと、墓地の入口近くにある地蔵にも手を合わせる。
大きな石の上にどっしりと鎮座する、大きな背丈の地蔵さまである。
武吉くん曰く、墓前と地蔵に手を合わせるのは、祖母の教えなのだという。

亡くなった両親の冥福を祈り、自分がこの世に生きていることへの感謝を伝える。たどたどしい言葉で武吉くんは語ったが、その顔つきは敬虔《けいけん》そのものであった。

ほとんど毎日欠かさず、墓前と地蔵に合掌する武吉くんのことを、近隣住民は揃って「お参り小僧」と呼び親しんだ。阿崎さんら地元の子供たちも、彼の行いを嘲笑《あざわら》ったり罵《ののし》ったりする者はいなかった。

阿崎さんが六年生になった、秋の日のことである。

夕暮れ時、友人たちと田んぼの中の小道を歩いていると、道の向こうから武吉くんがやって来た。顔は深くうつむき、足取りはとぼとぼと寂しげなそぶりである。

「どうした？」と声をかけると、武吉くんは小さな声で「もう拝まない」とつぶやいた。

聞けば先ほど、土手の上の墓地に赴いた時、妙な老婆に出くわしたのだという。

いつものように両親の墓前に手を合わせ、続いて地蔵の前に屈んでお参りしていると、突然うしろから「ふははっ！」と、乾いた笑い声が聞こえてきた。

振り向くと唐草色の着物を着た老婆が立っていて、こちらを見ながら笑っていた。見たこともない人物である。

「こんにちは」と武吉くんが声をかけるや、老婆は下卑た笑みを浮かべて近づいてきた。

「毎日毎日、澄ました顔して手なんか合わせて、ああ恥ずかしい！」

大きな声で言い放つと、大仰に呆れたそぶりで左右に頭《かぶり》を振ってみせる。

ちっとも意味が分からなかったので「何が恥ずかしいの？」と訊いてみた。

すると老婆はげらげらと笑いだし、「恥ずかしいもんは恥ずかしいよ！」と叫んだ。

地蔵なんか拝んだって、なんのご利益もないという。

こんな物は単なる禿げ坊主の形をした、石の塊に過ぎない。

死人も墓の中になんぞ、眠ってなんかいないという。

だから、お前の祈りも届いてなんかいない。

大体において両親は、死んですぐの頃から地獄の底に落ちて苦しんでいるはずだから、お前がどれだけ拝んだところで成仏することなんぞないだろう。

そんな話を乾いた大声で、延々と吐きつけられたのだと語る。

恥ずかしながらも、武吉くんは途中からべそをかきだしてしまったそうである。だが、それでも老婆の悪罵《あくば》は留まることがなかった。

その後もさんざん詰《なじ》られ続け、挙句の果てにはこんなことまで言われてしまう。

「馬鹿みたいに毎日墓場になんぞ来てっから、お前さんの寿命も縮んでしまってるねえ。気の毒だけど、お前さんも近いうちにお陀仏だ。馬鹿なことばっかしてっからだよ！」

武吉くんの鼻先まで顔を近寄せ、老婆は楽しげな調子でべらべらと捲《まく》し立てた。

その直後、目の前から突然、どろんと煙のように姿を消してしまったのだという。

最後の言葉を聞いた阿崎さんたちは思わず耳を疑ったが、死人のように蒼い顔をした武吉くんは「確かに消えた……」と繰り返す。

やはり信じ難い話ではあったのだが、ほとほと憔悴《しょうすい》しきった彼の様子をうかがう限り、嘘を言っているようにも思えなかった。そのうちみんなの背筋も冷たくなってくる。

なんと声をかけたらいいのか分からなかったが、「気にすんなよな」とだけは伝えた。

武吉くんは蚊の鳴くような声で「うん……」とひと声漏らすと、やはりとぼとぼとした寂しげな足取りで家路をたどっていく。

去りゆく武吉くんを見つめていると、翳《かげ》りゆく薄紅色の陽射しの中でしだいに輪郭が薄くなり、背中が夕闇の中で透けていくような印象を覚えた。まるで生きながらにして幽霊に変じていくかのようなその後ろ姿に阿崎さんは一抹の不安を覚え、覚えた不安はまもなく現実のものとなってしまう。

翌日から、墓地の中に武吉くんの姿を見ることはなくなった。

学校などで見かける機会はあったが、顔つきは以前とすっかり変わって生気に乏しく、声をかけてもぼんやりとした言葉が返ってくるばかりだった。

それからひと月ほどが経った頃、武吉くんはあえなくこの世を去ってしまう。

学芸会の前日、体育館のステージで機材のセットをしている最中、上から落ちてきた照明機材が頭を直撃したのである。昏倒した武吉くんは意識不明の状態で病院に運ばれ、その日のうちに亡くなった。

図らずも、墓場で彼を嘲《あざけ》った老婆の言葉が当たったことになる。

武吉くんの死からしばらく経つと、夕暮れ時の墓場にお参り小僧の幽霊が出るという噂話が流れたが、阿崎さん自身は一度も見かけたことはないそうである。

寿《ことほ》ぎ

時代は八〇年代の終わり頃。山川《やまかわ》さんが中学時代にこんな光景を目にしたそうである。夏場の夕暮れ時、部活を終えていつもの通い慣れた田舎道に自転車を走らせていると、なんとも異様な光景が視界の前方に見えてきた。

路傍の傍らに立つ大きな屋敷の門口に、紅白の垂れ幕がでかでかと掛けられている。幕は門口の両脇に立てられた瓦土塀に、上部を引っかけられる形で垂れさがっていた。こちらの屋敷は山川さんが暮らす地元で、指折りの金持ちと言われているところである。紅白幕の前には、やはり紅白模様の大きな花輪もたくさん並んでいた。

何かの祝い事でも催しているのかと思う。

だが、距離が近づいていくにつれ、そうした光景とは不釣り合いな様相も目について、なんだかわけが分からなくなってくる。

屋敷の門口では人がひっきりなしに出入りしているのだが、いずれも喪服を着ていた。さらには誰もが沈痛な面持ちをして、中には目元をハンカチで拭《ぬぐ》いながら歩く者もいる。何かを祝うにしては、おかしな態度と思わざるを得ない。

不審を抱きつつも距離が狭まっていくと、突然目の前の紅白模様から色がなくなった。幕からも花輪からも赤の色が消え、代わりに物悲しげな黒へと染まり変わってしまう。

これって絶対、葬儀じゃないか。今まで見えてた紅白模様はなんだったんだ……。

目を疑いながら屋敷に視線を注ぎ続けたのだが、その後に屋敷の門口を染める白黒が紅白模様に戻ることはなかった。

帰宅後、家人にさっそく事情を伝えると、紅白模様の件については一笑に付されたが、件の屋敷で亡くなったのは、年老いた主人ということだと分かった。病死だったという。少し前に若くて美人の後妻をもらったばかりだったのに、気の毒にということだった。

その若くて美人の後妻が逮捕されたのは、葬儀が終わっておよそ半年後のことである。容疑は殺人。特殊な毒を盛って、老いた主人を死に至らしめたとのことだった。

動機は夫の遺産と、保険金を我が手にせしめるためだったという。

彼岸花

今から二十年ほど前、巌《いわお》さんが高校時代に体験した話である。

二年生の秋口、二学期が始まってまもなく経った頃のことだという。

当時、野球部に所属していた彼は、九月の連休を利用した部活の強化合宿に参加した。

例年は、校内の敷地にある合宿場で寝泊まりしながら練習に励むのだけれど、折しもこの年は老朽化に伴う改修工事がおこなわれており、合宿場を使うことができなかった。

代わりに泊まることになったのは、隣町の山沿いに位置する古びた構えの民宿である。

近くにちょうど、私営の野球グラウンドがあるため、宿泊先としては最適だった。

合宿は三泊四日の日程でおこなわれ、練習自体は大いに捗《はかど》った。

毎日、朝から日が暮れ落ちるまで、顧問に課せられたメニューを死に物狂いでこなし、その後は身体をくたくたにしながら宿に戻って休むを繰り返す。

周囲にコンビニや遊興施設のたぐいはないため、夜の時間は退屈だった。若いゆえに体力だけは無駄に有り余っているので、身体が疲れていても、じっとしているのは辛い。メンバー一同、何か面白いことはないかとぼやきながら、毎晩眠りに就いていた。

ようやく娯楽が見つかったのは、三日目のことだった。

早めに練習が終わった夕暮れ近く、宿の近所をみんなでぶらついていると、雑木林が生い茂る丘の上に小さな墓地があるのを見つけた。墓地の周囲は人家もなくて静かだし、肝試しをおこなうにはうってつけのロケーションである。

顧問の許可を得られなければ決められない話だが、その場で反対する者はいなかった。いずれの部員も声を揃えて「やろう！　やろう！」と盛りあがる。

墓地の入口付近には、彼岸花が生えていた。真っ赤な茂みのように群生している。

部員のひとりが突然奇声を発し、手当たり次第に茎を掴んでむしり始めた。

「何やってんだよ、お前？」と尋ねると、「景気づけに決まってんじゃん！」と答える。罰当たりなことをやらかして、墓場で寝ている霊たちを焚《た》きつけてやるのだという。

「バカだよなあ」と呆れながら、花を荒らす部員の様子を眺めていた時のことだった。

ふいに「やったな」とつぶやく声が聞こえてくる。

顔を向けると、墓地の中に真っ赤な着物を召した女が立っているのが見えた。

女は墓石の裏から半身をだしながら、針のような目つきで巌さんたちを睨んでいる。

ぎくりとなって部員たちに「おい、あれ！」と声をかけたのだが、再び視線を戻すと女は姿を消していた。墓石の裏にもいない。消えたのは一瞬の出来事だった。

巌さんを始め、その場には九人ほどの部員がいた。確かに一瞬の出来事ではあったが、巌さん以外にもふたりの部員が「女を見た」と証言した。「あっ」と目を瞠《みは》った時には、墓石の陰から霧が散るように消えてしまったのだという。

「肝試し、やめないか？」という巌さんの意見に、女を見たという部員たちは同意した。しかし、彼岸花をむしっていた部員のほうは、ますます色めき立って「やろうぜ！」と豪語する。他の部員たちの答えも「やろうぜ」が大半を占めた。

折悪しく、顧問の了解も得られてしまう。夕食後に肝試しを決行することになった。


そうして夜の七時頃、宿の座敷で夕食の席を囲んでいた時のことである。

これから始まる肝試しの話題で盛りあがりつつ、部員たちが食事を掻きこむさなか、例の彼岸花をむしった部員が突然「うっ」と呻《うめ》いて、仰向けにばたりと倒れてしまった。

一同驚き、声をかけるも本人は意識を失い、口から泡を噴いている。

急いで救急車を呼んだのだが、到着した救急隊員の検査ですでに死亡していることが確認された。搬送先の病院で、死因は脳出血だったことが明らかになる。

この夜の肝試しは無論、中止になった。

墓場で目にした女と彼の死について、因果関係を立証することはできなかったものの、巌さん自身は女の祟りか何かの作用で、脳味噌に赤い花を咲かされてしまったようだと、そんなふうに感じざるを得ないものがあったそうである。

都内初日　フッコさん

「あたしはフッコなんです。昔からほんとに信じられないくらい、フッコなんです」

小ぶりなテーブルの差し向かいに腰掛けるフッコさんが、歪《ゆが》んだ面持ちでつぶやいた。

微妙に言い回しを変えつつも、彼女の口から同じ訴えを聞くのは、およそ十五分の間で五度目になる。

正直なところ、出鼻を挫《くじ》かれた感は否めなかったのだが、私は努めて笑みを絶やさず、彼女の話に聞き入っていた。

二〇一九年六月下旬、金曜日。時刻は午前十時半頃。都内出張相談の初日である。

新宿駅の近くに位置する馴染みの喫茶店で、私は第一回目の予約相談に当たっていた。

依頼主は都内に暮らす三十代前半の独身女性。現在無職で、住まいは生まれた頃から両親が所有する持ち家とのことだった。他で暮らしたことは一度もないという。

微妙に寝癖のついた栗色のおかっぱ頭、ジャバ・ザ・ハットのように肥え太った巨体、服装は上下灰色のスウェット。こうした姿で予約時間から十分近く遅れて現れた彼女は、私がこれまで耳にしたことのない調子で「不幸」という語を口にした。

彼女が述べる「フッコ」は「不幸」を意味する発言である。「フ」の音程は上向きに、「コ」のほうは下向きに、そして間に余計な促音が入って「フッコ」になる。

相談が始まって初めてこれを聞いた時には、正確な意味を解すまで二分程度を要した。いきなり「あたしはフッコです」と言ってきたので、自己紹介でもされたのかと思った。実際は「康子《やすこ》」という名前なのだが、その後に始まった訴えの端々に何度もしつこく「フッコ」「フッコ」と交えてくるため、私の頭は誤認を来たしたうえで修正を放棄し、その後は彼女のことを「フッコさん」と認識するようになった。

この日、フッコさんが私に持ちこんだ相談事は、自身の不幸に関する悩みだった。

とにかく小さな頃から不幸なのだという。

たとえば小学生の頃、フッコさんは当時、贔屓《ひいき》にしていた漫画に多大な感銘を受けて、バレエを習いたいと思った。ところが両親は「金がかかる」との理由でこれを拒否した。だから彼女は、将来なれるはずだったバレリーナの道を閉ざされてしまったのだという。

あるいは中学生の頃、進路を決めるに際して、フッコさんはペット関係の専門学校に進学したいと訴えたのだが、これも両親に拒否された。「せめて高校ぐらいは入れ」と叱られ、やむなくそのとおりにしたのだけれど、おかげで将来オープンする予定だったペットショップ・フッコの事業計画は、夢幻と潰えてしまった。

「高校を出てからも、フッコはずっと続いているんです！」

鼻息を荒くして本人が語るには、その後も将来の道を両親に阻まれているのだという。本来は高校を卒業したら漫画家を目指す予定だったのだが、例によって心ある両親から「仕事をしろ！」と進言され、嫌々バイトを始めることにした。より正確に表するなら、バイト先を転々とすることになった。どこの職場も自分の肌に合わなかったのだという。おかげで漫画を描くのに集中できず、夢を諦めざるを得なくなったそうである。

その後も青年海外協力隊に入って、途上国の支援に尽力したいと思う時期もあったが、こちらも両親からの賛同は得られず、苦い顔で否定されただけだった。おかげで意欲が削がれてしまい、英語や医療に関する勉強をする気もすっかり失せたのだという。

「こういうふうに、いつでも人の夢を怒って邪魔してくるんです、あの人たちは！」

斯様な〝フッコ〟に憤るフッコさんの私に対するお望みは、次のような感じである。

「両親を呪って、フッコにしてやってほしいんです」

開いた口が塞がらず、耳も疑う発言だったが、フッコさんはあくまでも真剣だった。

余人の想像を上回る非常識な願いながらも、こうした依頼を事もなく告げられるのは、さほど珍しいことではない。自前の商用サイトでは、こうした依頼は引き受けない旨を明記しているのだが、それでも時折、こちらの意向を無視する形で所望される。

大半が自分勝手な動機に基づくものであり、そもそもにおいて私は個人の主義として、いかなる事情があっても呪いをかける仕事に関しては、一切受託しないようにしている。フッコさんの願いに関しても、例外が適応されることはなかった。

「今までの説明、ちゃんと聞いてもらってましたか？　本当にひどい両親なんですよ？　あたしなんかより全然絶対、フッコになって当然な奴らなんです！」

恵比寿のような笑みを添えて断ったのだが、これぐらいで食い下がる依頼主ではない。訴えを一通り聞いて彼女の人格を把握した今、それぐらいのことは容易に察しがついた。私の答えは何を言われようが、いくら積まれようが、頑として変わることはないのだが、こうした流れになってくると、事を上手くかわすための煩わしさが生じて困ってしまう。対応を誤れば余計なトラブルが生じかねないという点でも、なかなか厄介な事態である。

数年前に同じ喫茶店で「弟子にしてほしい」と訴える女性客の相手をしたことがある。そんな気はないので断ったのだが、すると彼女は「助手にしてほしい」と訴えてきた。これも断り、その後もしぶとく「弟子入り」と「助手志願」を交互に繰り返してくる彼女の求めを断り続けていると、そのうちとうとう泣きだしてしまい、挙句の果てには「どうして分かってくれないのよ！」などと金切り声を浴びせられた。

無論、舞台は店内のテーブル席である。事情を知らない周囲の客や店員にしてみれば、痴話喧嘩か別れ話の末に私が彼女を泣かせたようにしか見えなかったに違いない。

こうした苦い思い出があるのでなおのこと、依頼主の不穏当な求めを退ける一幕には、細心の注意を払うべきだと肝に銘じている。今回に関してもそうだった。

「呪いに関するご依頼はお断りしているのですが、代わりに少しでも運気があがるよう、祈願をさせていただくというご提案ではいかがでしょうか？」

「両親の？」

「いえ、違います。あなたのです。宮城の仕事場に戻りましたら、祭壇から運気向上の祈願をさせていただきますし、ご必要でしたら御守りもお作りしてお送りいたします」

苦笑しながら持ちかけた私の提案に、フッコさんは「ふうん」と低い唸りをあげた。

「それって、どれぐらいの効能があるもんなんですか？」

「個人差と言いますか、ご依頼主が定める目標や心がけなどにも左右されるものなので、一概にはお答えいたしかねますが、一定の作用はあるとお考えいただければ幸いです」

こうした質問は昔から苦手である。「効能」だの「成功率」だの「費用対効果」だの、率直に評して浅ましい了見だと思う。加持祈祷の結果については客観的な証明が難しい、あやふやな性質が付き纏うものではあるのだけれど、依頼主から受託した用件に対して、いい加減な気持ちで拝んだことなど一度もない。

然様な質問を明け透けに向けられると悲しい気分になってくるし、依頼主に対しては、「向いていないのではないか？」と思えてしまう。

「詳しいデータがないと判断しづらいんですけど、そういう提案もあるんでしたらまあ、拝んでもらってもいいかもしれませんね。呪いのほうはほんとにダメなんですか？」

「ええ、そちらに関してはお受けできません。運気向上という形での対応になります」

物思わしげな表情を一拍挟み、「だったらお願いしますかね」とフッコさんは応えた。

その顔には「使えねえ奴」といった意味合いの色が、ありありと滲み出ていた。

こちらは明るい笑みを崩すことなく、「ありがとうございます」と返して差しあげる。

「相談料金って、決して安い金額じゃないですよね？」

こちらの笑顔をうっちゃるように、またぞろフッコさんが余計なひと言を投げてくる。

都内出張相談の料金は、二時間で一万円としていた。相談内容によって供養やお祓い、その他諸々の対応が必要と判断される流れがあった場合も、追加料金は一切発生しない。私としては安いほうだと思う。高いと思うなら、相手にしなければいいだけの話である。

「確かに安い金額ではないかもしれません。心苦しい限りです」

本音と真逆の答えを返すと、フッコさんは「やっぱり」と言ったふうな笑みを滲ませ、「いっぱい運気を上げてくださいね」と吐きだした。

「ええ、精一杯努めさせていただきます」

「じゃあこれ、料金」

取りすました声で返した私に、フッコさんは財布から一万円札をぞんざいに抜きだし、コーヒーカップが置かれた私の前に、放り捨てるかのような手つきで落としてきた。

ありがたや身に沁みる、人の妙なる深い情けかな。

そもそもこれはどこから湧いて出てきた一万円札か。思いながらも丁重に礼を述べて、自分の財布にしまいこむ。

彼女は現在、無職。より正確に言い表すなら、もう何年も前から無職。ということは、私が今いただいたこの一万円は、おそらく彼女の親から得た金ということになるだろう。自分の両親を呪ってほしい？　愚《おろ》かの極みとしか言いようがない。もしも両親の身に万が一のことが起きたら、その後は何を頼りに生きていくつもりなのだろう。

彼女は別に不幸などではない。単に努力と根気が足りない、怠け者というだけである。バレリーナにせよ、ペット屋にせよ、漫画家にせよ、人は本気でなりたいと決心すれば、大概において実現させてしまえるものである。それが叶わないのは、フッコさんの場合、志《こころざし》が低いからに他ならない。ついでに性根も著しく歪んでいるからである。

私の本音はこんなところだったのだが、聞く耳を持ってくれるとは思えなかったので、余計なコメントは一切差し控えることにした。相手と状況に応じた沈黙は最善策であり、事前に約束していた相談時間もそろそろ終わりを迎えようとしている。

「諭吉がひとり、余計に散った」とでも言いたげな顔つきで私を見つめるフッコさんを尻目にやんわりと相談時間終了の知らせを告げ、会計を済ませて一緒に店を出る。

「なんだかよく分かんなかったんですけど、ありがとうございます」

店先で含みをこめた礼を述べるフッコさんに会釈を返し、ようやく私は解放された。

浜っ子たち

数年前の秋、会社員の米村《よねむら》さんが、三陸海岸に暮らす親類の葬儀に参列した時のこと。

昼頃に菩提寺の墓所へ納骨が終わると、その後は親類宅で宴席が設けられた。

初めは他の親類たちと箱膳を囲んで適当に付き合っていたのだが、下戸《げこ》の米村さんはしばらくすると飽きてしまい、ひとりで時間を潰すことにした。

親類宅の門前を抜けたすぐ先には、弓形に歪曲した小さな浜辺が広がっている。

海でも眺めながら煙草を吹かそうと思い、砂浜に向かって足を踏み入れる。

煙草を片手に波打ち際のそばに立ち、白波をうねらせる海の様子に見入っていると、背後から突然「ひゃーい！」と黄色い声が聞こえてきた。

振り向いた先には、白い海水パンツを穿《は》いた小さな子供たちの姿があった。

幼稚園ぐらいの年頃で数は五、六人。

いずれも顔じゅうに爆発しそうな明るい笑みをこしらえ、波打ち際に向かって砂浜を一直線に駆けてくる。一瞬、まさかと思ったが、まさしくその「まさか」だった。子供たちは「ひゃーい！」と、大きな声を弾ませながら米村さんの真横を突っ切ると、海の中へ一斉に足を踏み入れていく。

小さな身体はざぶざぶと飛沫《しぶき》をあげながら、眼前から次々と迫り来る波へと向かって突き進み、激しいうねりに抗いつつ、さらに沖へと向かって進んでいった。

そうしてまもなくその身が完全に水中に没すると、再び波間に現れることはなかった。弾んだ声も悉皆《しっかいつい》潰え、耳に聞こえてくるのは絶え間なく轟《とどろ》く潮騒《しおさい》のみとなる。

波打ち際に屈みこみ、片手を水に浸《ひた》してみると、心臓が凍りつくほど冷たかった。当たり前である。海じまいは何ヶ月も前に過ぎているし、浜辺に吹き渡る色無き風も防寒着なしでは耐えられないほどに寒いのだ。

とんでもないものを見てしまったと思い、米村さんは顔面を恐怖にひくつかせながら、急ぎ足で親類宅へ戻ったという。

間際の証拠写真

今から三十年ほど前、弓塚《ゆみづか》さんが大学時代に起きた話だという。

真夏のある日、宮城県のとある海水浴場へ友人たちと泳ぎに出掛けた。

午前中に到着してたっぷり泳ぎ、やがて時刻が正午を迎える頃、海の家で昼食を摂る。

その席で、手早く食事を終えた友人のひとりが「泳ぎに戻る」と言いだした。

「もう少し休んどけ」とたしなめたのだが、「時間がもったいない」とごねて譲らない。

仕方なく、好きにさせることにした。

そこへ他の友人が、持参したインスタントカメラを取りだした。海へと向かう友人を呼び止め、ピースサインを翳《かざ》して笑う彼の姿を写真に収める。

撮影が終わると友人は「先に行ってくる」と宣言し、波打ち際へ駆けだしていった。

その後、休憩を終えた弓塚さんたちが海へ戻ると、彼の姿が見当たらない。

砂浜も手分けして捜してみたのだが、一向に見つかる気配がなかった。
それから少し経った頃、波打ち際の一点に大勢の人々が群がり始めたのが目に留まる。
嫌な予感を覚えて駆けつけると、全身真っ青になった友人が浜辺に倒れて伸びていた。
監視員が人工呼吸をおこなったのだが、救護の甲斐なく彼は息を引き取ってしまう。

思わぬ事故から数日後、友人のひとりが血相を変えて弓塚さんの家にやって来た。
溺死した友人を写真に収めた彼である。
彼は「とんでもないものが写っていた……」と言って、写真を見せる。
写真には、砂浜に立ってピースサインを翳す友人のバストアップが写っていた。
その肩口からは、顔色がペンキで塗り固めたような水色に染まる男の顔が覗いている。
男は歯を剥《む》きだしにした険しい笑みを浮かべながら、横目で友人の顔を見つめていた。
髪の毛はなく、水色の肌も相俟《あいま》って、海坊主のような面相である。
撮影時、こんな男はいなかった。写真を撮った友人も「いなかった」と断言する。
「もしかしたらあいつが溺れたのは、こいつが原因だったのではないか……？」
そんな意見も一致して、しばらく震えることになったのだという。

罰として

こちらは昭和時代の終わり頃、大貫さんが小学一年生の夏休みに体験した話だという。

お盆が近い八月のある日、大貫さんは両親に連れられ、神奈川県の海水浴場へ行った。

父と一緒に泳いだり、母と砂で遊んだり、しばらく楽しい時間を過ごしていたのだが、やがて時刻が昼近くになった頃、海から遺体があがったことで周囲の空気が一変した。

年老いた男性が溺れて亡くなったのだという。

砂浜へ仰向けに寝かされた男性の身体は、血の気が引いて半紙のような白さに染まり、痩せこけて落ち窪んだ目の周りはパンダのごとく黒ずんでいた。

大貫さんは怖くて怯えてしまったのだが、その様子を見た父のほうは面白がった。

「ほらほら、海ゾンビだ、夢に出る！　なんならお化けになって出てくるぞ！」などと、さんざん耳打ちをしてからかってくる。

その後、浜辺に敷いたマットに座ってお昼の時間が始まった。
メニューはおにぎり。母が作った三角むすびが、バスケットの中に整然と並んでいる。
一個を手に取り、ばくりと齧《かじ》った父は、たちまち「うっ」と呻いて吐きだしてしまう。
おにぎりの芯にはなぜか船虫《ふなむし》が数匹、具としてぎっしりと詰められていた。
母が入れた覚えもない船虫は、全てのおにぎりに詰めこまれていたとのことである。

浜辺の洞窟

数年前までネットの動画配信を趣味にしていた、星美《ほしみ》さんの体験談である。

八月のお盆休みに彼女は、気の合う配信仲間たちと泊まりがけの海水浴に赴いた。

場所は茨城県のとある海水浴場。初日の昼間はみんなで泳ぐ様子を撮り合うなどして楽しい時間を満喫したが、翌日には同じような絵面を撮るのに早くも飽きてしまった。

何か他に面白いものは撮れないだろうか？

海辺の方々にみんなで目を光らせながら歩き回っていると、海水浴場から少し離れた岸壁の下に怪しげな洞窟があるのを見つけた。

立ったまま中へ入っていけるほど、穴の長径は高い。ためしにみんなで進んでいくと五メートルほど先で行き止まりになっていて、どん詰まりになった地面には平たい石を山のように重ねて作られた、慰霊碑のような物が祀《まつ》られている。

こんな場所を見つければ、やるべきことはひとつしかなかった。

肝試しの動画を撮影しようということになる。

わくわくしながら夜が更《ふ》けるのを待ち、深夜の一時を過ぎた辺りで再び洞窟に参じた。

辺りは黒一色の濃い闇に包まれ、耳に聞こえてくるのは波の轟きだけである。

肝試しの段取りは、カメラを片手にそれぞれ独りで中へ入り、いちばん奥まで行って戻ってくるというものだった。じゃんけんで決まった順に、さっそく余興を開始する。

いずれの面子も内部で悲鳴をあげたり、「何かがいる！」などと叫んだりするのだが、それらは全て撮影用の小芝居である。本気で怖がっている者などいなかった。

仲間たちが起こすリアクションに笑いながら待っているうちに、星美さんの番が来る。

他の面子に負けないぐらい弾けてこようと奮いつつ、カメラを構えて中へ入った。

洞窟内は昼間と比べて格段に闇が深くなっていて、懐中電灯の光芒で照らしつけてもほとんど用をなさなかった。俄《にわ》かに足が竦んでしまう。

けれども外には仲間たちがいるし、彼らの声も聞こえてくる。たかだか五メートルの距離だと意を決し、大袈裟《おおげさ》に怯えた演技をしながら奥へと向かって進み始めた。

すると暗闇の先から、何かがこちらへ向かって歩いてくるのが目に入る。

明かりを翳すと、蝋燭《ろうそく》のように生白い肌をした、裸の女の子たちだった。

数は三人。歳は五、六歳ぐらい。能面のように冷たく強張《こわば》った表情で星美さんの顔を見あげながら、横並びになってぐんぐん近づいてくる。

のどから本気の悲鳴を絞りだすなり、すかさず踵《きびす》を返して洞窟から飛びだした。

尋常ではない様子に仲間たちは驚いたが、事情を話すとたちまち大笑いされてしまう。

半ば強引に中を調べてもらったのだが、入口まで戻ってきた面々は「異常なし」と答え、再び苦笑を浮かべ始めた。次第に恐怖よりも怒りのほうが勝ってくる。

そこへふと、洞窟内でカメラを回し続けていたことを思いだした。

得体の知れない女児たちと遭遇した時、カメラは前方に向けていたはずである。

「だったら証拠を見せる」と言い放ち、カメラの再生ボタンを押した。

ところがまもなく液晶画面に映しだされたのは、暗闇に染まる洞窟内の映像ではなく、青空の下で海水浴を楽しむ大勢の人々の姿だった。こんな画など撮った覚えはない。

それに加えて映像は粒子が粗く、色彩ものっぺりとしていて古めかしい印象を覚えた。

画面の中で戯《たわむ》れる人々の髪型や面貌も、昭和の昔を思わせる野暮ったさを滲ませている。

昨日今日に撮影されたものとは到底思えない雰囲気だった。

「なんなのこれ……」

みんなで映像を見始めてまもなくすると、突然画面が真っ暗になった。

電源ボタンを押しても、カメラはうんともすんとも言わなくなる。

宿に戻って中を調べてみると、基盤が赤く錆びついて使い物にならなくなっていた。

この夜の異様な一件以来、無暗《むやみ》にカメラを回して面白がるのが恐ろしくなってしまい、次第に動画配信の趣味から遠のくようになったそうである。

都内初日　不法占拠

正午近くにフッコさんの相談が終わり、気分は少なからず下降状態に陥りつつあった。このまま下向いていくと今後の相談にも影響が出かねないし、何しろ言っては悪いが、初日の出だしからあれではあまりにも験《げん》が悪い。お客さまは神さまではない。

一計を案じた私は、本物の神さまに縋《すが》らせてもらおうということで、昼食を前にして伊勢丹へ向かうことにした。屋上に朝日弁財天という小さな祠《ほこら》があるのだ。

弁財天は商売繁盛の神さまである。繁盛も大事だが、今回の出張相談における仕事が全て無事に果たせるように祈願して、ご利益に与《あずか》ろうという魂胆だった。

幸い、午後からの仕事は三時からである。場所はお台場。新宿駅から大江戸線に乗り、汐留《しおどめ》駅でゆりかもめに乗り換え、所要時間はトータルで四十五分といったところである。徒歩の移動時間を含めても一時間少々あれば、新宿駅から先方の許へたどり着ける。

新宿駅に面した甲州街道を散歩気分でぶらぶら進み、明治通りに入って伊勢丹へ到着。目当ての朝日弁財天に恭《うやうや》しく詣《もう》でて、じっくりと祈願をさせてもらった。

その後のお礼参りが大変なのと、本職の拝み屋が神仏に私的な祈願をするというのは、なんだかおこがましいという思いもあって、普段は極力遠慮するようにしているのだが、この日は無性に縋らせてもらいたい気分になってしまったのである。

その後、軽く昼食を済ませて新宿駅に戻り、お台場へ向かった。予約時間の三時より三十分ほど早く、台場駅まで到着する。

次の依頼主は七沢《ななさわ》さんという女性だった。ダイバーシティの一角にテナントを借りて、お洒落《しゃれ》な衣料品店を営んでいる。

どうやら店内にお化けがいるらしい。なんとかしてほしいとの依頼だった。

迎える相手の程度にもよるが、こういう仕事のほうが私としてはやりやすくて助かる。台場駅からダイバーシティに向かってゆっくり歩いていっても、約束の時間までにはいくらか余裕があったので、フェスティバル広場に立つ実物大のユニコーンガンダムを尊く愛《め》でながら時間を潰す。待っている間に運よくデストロイモードに変形しないかと淡い期待を寄せていたのだが、ついにぴくりとも動くことはなかった。

予定時間に合わせて店の前まで参じると、早くも不穏な気配を幽かながらに感じた。首筋に生える産毛がゆっくりと逆立ち、意思を帯びてふわふわと踊りだすような感じ。鬼太郎の妖気アンテナとは違い、毎回起こる現象ではないが、こうした反応が生じた場合はほぼ間違いなく、近くに何かがいるという証にはなっている。気配は店の中から、おおよその居場所を示して感じ取ることができた。

「初めまして！　今日はどうぞ、よろしくお願いいたします！」

レジにいた従業員に取り次いでもらうと、奥の事務室から七沢さんがすぐに出てきて挨拶をしてくれた。三十代中頃で身綺麗な雰囲気の女性である。

事務室へ通してもらい、さっそくくわしい話を聞かせてもらうことにした。

事前にいただいた連絡では「店内にお化けがいるらしい」とのことだったのだけれど、実際に姿を見た者は誰もいないとのことである。声や怪しい物音を耳にした者もいない。ただ、不可解な体験をすることはままあるという。

「思い返すと、二ヶ月ぐらい前からかなって思うんです」

この頃を境に、店内でしばしば奇妙な気配を感じるようになったそうである。時間は昼夜を問わず、曜日や日にちについての法則性もなさそうとのことだった。

もっとも多く感じられるのは、仕事中に売り場で作業をしている時だという。

自分の背後を誰かがすっと横切っていく気配を感じ、ぱっと振り返ると誰の姿もない。気のせいかと思うのだけれど、気配を感じた時には背後の空気が微妙に揺らめくような感覚も肌に受けているので、なんとも釈然としない思いに胸がざわめいてしまう。

次に多いのは、事務室にいる時。こちらも背後を誰かが横切っていく気配を感じる他、デスクに向かって仕事をしていると、やはりうしろから誰かに覗きこまれているような視線と気配を感じることもあるという。こちらも振り返ると誰の姿もあるわけではない。

七沢さんを含め、店には八人の従業員が勤めているが、大半が同じ経験をしているし、七沢さんに至っては背後から首筋に息を吹きかけられたこともあるという。

「口を大きく開けて『はあっ』っていう感じじゃなくて、唇を尖らせて『ふうぅ』って、細い息を吹きつけられたような感じです。割と長めに冷たい温度も感じてしまったので、気のせいとかではないと思うんですけど、どうなんでしょうね……？」

眉根を曇らせながら七沢さんが言う。事務室内に設えられた簡素な作りの応接セット、彼女の隣に座る若い女性従業員も「うんうん」と無言でうなずきながら、蒼ざめている。

起きている怪異自体は些細なものでも、よほど怖い思いをしてきたのだろう。

「お化けの正体、なんだと思います？　というか、本当に何かいそうでしょうか？」

尋ねた七沢さんに「それでは確かめてみましょう」と答えて、立ちあがる。

「脚立を貸していただけますか？」

お願いすると七沢さんは、事務室の隅に立て掛けられている脚立を持ってきてくれた。ありがたく受け取り、事務室の中央からやや外れた位置に置いてA字形に開く。

その真上には、目算で五十センチ四方をした四角いパネルが付いている。脚立を上り、パネルに供《そな》えられている把手《とって》をいじると、パネルは重力の法則に従い、真下に向かって垂直の角度に垂れ落ちた。こちら方面の知識にはとんと疎いが、通気口のたぐいだろう。

開けた瞬間、中から真冬の冷気を思わせる冷たい風が、意志を持っているかのように「どっ」と降りてきた。下にいる七沢さんと従業員が「ひゃっ！」と鋭い声をあげる。

脚立のてっぺんまであがり、中へと首を差し入れる。目の前は夜のように暗かったが、事務室の天井に灯る蛍光灯の光が流れこみ、およそ五十センチ四方の四角い形を描いてまっすぐ延びる内部の様子は、十分確認することができた。

同時に、気配も一段と強く感じるようになる。先刻、店の前にたどり着いた時よりも。今しがた、事務室の応接セットで話を聞いていた時よりも、近くに強くはっきりと。

だが、姿のほうはまるで視えない。おかしいなと思い始めてまもなく、理由が分かる。視線を向けるべき方向が違うからに過ぎなかった。

脚立の上で身を捩《よじ》り、身体ごと首をうしろへ向けると、目の前に男の顔が迫っていた。糸鋸《いとのこ》のように細めたふたつの目。それに対して口元は、黄ばんだ歯を剥きだしにした半月状の形を描いて捲《めく》れている。まるで獲物を威圧する、けだものじみた笑みだった。

男は四角い通気口の枠いっぱいに身を縮こまらせ、腹ばいの姿勢になって私のほうに顔面を向けている。表情を一目しただけで、交渉の余地などないことはすぐに分かった。

素早く通気口の中へ左手を突っこみ、力をこめた掌底《しょうてい》を男の顔に向かって打ちつける。手は鼻面を中心に、顔全体を覆い隠す形で見事に直撃。霜がおりた石を思わせる冷たく硬い感触が手のひらに一瞬伝わり、続いて男の顔は身体ごと、闇の中へと潰えていった。

同時に気配も消える。感覚を最大限に強めて一頻り、通気口内の様子を探ってみたが、異様な様子はもはや微塵も感じることはなかった。

「なんだったんですか、今の……？」

脚立をおりると、眉毛をハの字に強張らせた七沢さんに尋ねられた。天井のパネルが開いた瞬間、中から冷たい風が物凄い勢いで吹き降りてきたことを言っているのだろう。

「中にいました。祓って消しましたので、もう大丈夫です」

手短に事実と結果だけを告げ、くわしいことは伝えないようにしたかったのだけれど、依頼主には「知る権利」というものがある。七沢さんも「何がいたんですか?」という知る権利を行使されたので、不本意ながらも自分が目にした全てをそのままに伝えた。

案の定、七沢さんは怯えてしまう。従業員もぶるりと肩を震わせ、顔をしかめ始めた。

いわゆる霊感の多寡《たか》が云々などという問題以前に、人とは想像力が豊かな生き物である。殊に防衛本能の作用もあるのか、自身が脅威と感じるものを思い描く時の力については、並外れた成果を示すこともしばしばである。だが、それが時として曲者《くせもの》にもなるのだ。

「本当にそんな顔をした男がいたんですよね……。怖いです……」

自分なりにもっとも恐ろしい「通気口に腹這う男」の姿を頭に想像しているのだろう。先ほどよりも一層怯えた様子で七沢さんが尋ねてくる。

ほらこのとおり。下手をすると、すでにいもしない男の姿がしばらく脳裏に反復して、嫌な思いをすることになるかもしれない。だから言わずに済むなら黙っておきたいのだ。

それでも依頼主の多くはこうして、自分の目には視えなかった魔性の姿を知らずにはいられない。その気持ちも十分理解できるので、毎回悩ましい気分にさせられてしまう。

「正体はなんだったんでしょう？」という質問に対しては、「よそ者ですね」と答えた。

くわしい素性についてまでは分かりかねるが、元々は店を訪れた客に付き纏っていた例の男が、この店を「より良い条件の転居先」と見定め、棲みついてしまったのだろう。

人の出入りが激しい店舗や公共施設などでは、それほど珍しくないケースである。

男がこの店を「より良い条件」と選んだ理由については、敢えて触れないようにした。何しろ女性の首筋に息を吹きつけるような輩《やから》である。他に多くを語る必要などなかろう。

「これから先は大丈夫でしょうか？」という質問に対しては、絶対の保証はできかねた。

そうそう起こることではないにせよ、場所が人の出入りの激しい店舗施設である以上、またいつ如何なる時にあの手の変態が、来客を媒介にして紛れこんでくるとも限らない。

ゆえにシンプルかつ確実な防護策として、魔除けの御札を一体、授与することにした。事務室の壁にでも貼っておくだけで、十分に用を足すだけの効果は得られるはずである。

その後は緩和ケアよろしく、七沢さんたちのショックを和らげるための説明会を始め、ふたりから尽きることなく飛びだす質問にも、逐一くわしく答えていった。

小一時間も話す頃には概ね了解してもらえたようで、恐れの念も薄まったようである。

午後の仕事で、なおかつ本日最後の仕事は、どうにか無事に幕を引けることになった。

乗り鉄キャット

十年近く前、淡河《おうご》さんが大学入学を機に、地方から都内へ出てきたばかりの頃である。

休日の昼間、渋谷で買い物をするため、自宅アパートがある目白から山手線に乗った。

やがて電車が新大久保に停まった時のことである。

ホームから数人の乗客たちに紛れて、猫が一匹乗りこんできた。

白黒模様で小柄な体躯の猫である。右耳と尻尾、背中の一部が黒に染まっている。

猫は乗客たちの足元を素早く器用にすり抜け、反対側の乗降口付近で歩みを止めると、それから床にぺたりと座りこみ、車内の様子にちらちらと視線を巡らせ始めた。

まもなくドアが閉まり、電車がゆっくりと動きだす。

少し離れたシートに座って様子を見ていた淡河さんは「乗っちまった」と驚かされる。

猫が電車に乗りこんできても周囲で驚く者が誰もいないのは、さすが都会だとも思った。

やがて猫は、代々木に電車が停まるとおもむろに立ちあがり、ホームへ降りていった。車窓越しに様子を見ようとしたのだが、降りてからは姿を見つけることができなかった。

以後も今現在に至るまで、電車内に乗りこんでくる猫に遭遇する機会がある。およそ二年に一度の割合なのだが、淡河さんは努めて関心を示さないようにしている。理由は件の猫がこの世のものではないと確信しているからである。猫は日時も路線も関係なく、さらにはなんの前触れもなく、淡河さんが乗車している電車に平然とした様子で乗りこんでくる。

二度目に目撃した時、周囲の乗客たちがあまりにも無関心なことを不審に思った結果、他の人たちの目には猫が視えていないということに気がついた。

その後も友人らや彼女と電車に乗りこんだ時にも、件の猫に出くわす機会があったが、猫はやはり淡河さんの目にしか視えないことも確認できている。

猫には特に危害を加えてくるような様子はなく、目を合わせてくることも稀なのだが、なるべく関わらないほうがいいように思えてならず、忘れた頃に見かける時があっても素知らぬ顔をするようにしているのだという。

しっしの神業

都内に暮らす、自称イケメンの馬上《まがみ》さんが体験した話である。

自称イケメンとあって、馬上さんの趣味はナンパだった。ルックスに自信があるので、街中で気に入った女性を見かけると、手当たり次第に声をかけて遊びに誘う。

ナンパは大学時代からの良き相棒である、大輝《だいき》くんとコンビでおこなうのが常だった。大輝くんも自称イケメンのお花畑である。

ナンパの成功率は十回試して、およそ一、二割といったところだったが、失敗しても特にこれといってペナルティがあるわけでもないので、めげることなく奮闘を続けた。ところがペナルティはあったのである。それも彼らがまったく思いもよらない形で。

初夏に近い、週末の晩のことだった。

その日、馬上さんと大輝くんは、新宿駅の近くにある喫煙ブースに来ていた。

煙草を吹かしつつ、好みのターゲットはいないかと、周囲で紫煙を燻《くゆ》らす女性たちの品定めをしていると、新たにふたりの女性がブースの中に入ってきた。

どちらも二十代前半の若い女性で、馬上さん曰く、ふたりとも相当マブイ美人だった。

これは見逃すわけにはいかないと、さっそく大輝くんとふたりで擦《す》り寄っていく。

「こんばんはー、どっかに遊びにいってきたんすかあ？」

いつものイケメンスマイルで尋ねたが、ふたりは微笑の欠片も返してこなかった。

「ねえねえ、もしも良かったらなんすけどー、これから俺らと呑み行きませんかあ？」

とびっきりのイケボで誘いを持ちかけるが、やはりふたりは動じるそぶりも見せない。

「漏らして失せろ」

そこへ自前の煙草に火をつけながら、女性のひとりが冷たい声音で言い放つ。

「はあ？」と思った次の瞬間、馬上さんの股ぐらに生温かい感触がどばどばと滴った。

小便を漏らしたのである。穿いていたGパンの股間から腿の部分にかけて、円形状の青黒い染みがじわじわと滲んでくる。見ると相棒のズボンも同じ悲劇に見舞われていた。

ふたりは成す術もなく、イケてる膀胱《ぼうこう》に溜まった小便をズボンの内側に垂れ尽くすと、マブイ美人たちに蔑《さげす》んだ目で見られつつ、慌ててその場を逃げだしてきたそうである。

すんでのところ

仕事を終えた週末の晩、津美子《つみこ》さんが会社の親しい同僚たちと、歌舞伎町の居酒屋で呑み会を催した時のことだった。

二次会までたっぷり楽しみ、終電に合わせて二軒目の店を出たのは、そろそろ深夜を回る時刻だった。いい具合に酩酊した頭で周囲の喧騒を楽しみながら、同僚たちと駅へ向かって歩きだす。

千鳥足で歩行がいまいちおぼつかないこともあり、津美子さんは人込みを避ける形で道の端のほうを目安に歩いていた。ほどなくふらふら進んでいくと、ふいにどこからか「津美子！」と叫ぶ声が聞こえてくる。

はっとなって振り向くと、通りのまんなかに婆《ば》っちゃが立っていた。

「婆っちゃ」とは、田舎の実家で津美子さんが祖母を呼びかける時の愛称である。

婆っちゃは通りのまんなかで仁王立ちになり、津美子さんの顔をじっと見つめている。

そんなわけないよと思った次の瞬間、傍らで巨大な水風船が割れるような轟音が炸裂し、激しい地鳴りが足元をびりびりと震わせた。

視線を前方に戻すと、スーツ姿の男が路上にうつ伏せになって倒れている。

びくびくと波打つ身体は、右腕と左脚があらぬほうへと捻《ね》じ曲がり、上から見おろすその姿は、歪《いびつ》な卍めいた形になっていた。伏せた顔の辺りから血溜まりも湧き出てくる。

近くにいた同僚たちを始め、周囲を行き交う人々の口から次々と悲鳴があがり始める。

そこに至って飛び降り自殺が起きたのだと、ようやく事態を呑みこめるようになった。

しかも自分のすぐ傍らで。

あともう五、六歩前に進んでいたら、間違いなく巻き添えを喰らっていたはずである。

肌身がぞっと凍りつく。

続いて通りに向かって視線を巡らせてみたのだが、婆っちゃの姿はすでに消えていた。

消えて当たり前だし、端からこんなところにいるはずもないので、驚きもしなかった。

婆っちゃは五年も前に亡くなっているのだから。

「ありがとう、婆っちゃ」とつぶやいて、その後は気をつけながら家路を急いだ。

都内初日　困った人たち

お台場での仕事を終え、新宿駅まで戻ってきたのは、午後の七時半を過ぎる頃だった。仕事自体は五時過ぎに終わったのだが、その後、ダイバーシティの七階に構えているガンダムベースに寄り道してガンプラなどを眺めているうちに、気づけば一時間近くも経っていた。だらだらと長居をした割に、何も買わずに帰ってくる。

夜からの予定は何もなかったので、新宿駅まで戻ってくれば、あとはどこかで夕飯を食べながらホテルに向かってもいいし、コンビニで弁当を買って夕飯にするのもいい。

朝はフッコさんの予約時間が来るまでネカフェで少し仮眠を取ったが、それでも少し眠気が差し始めていた。明日も午前中から予約が入っているし、午後には八王子にある似鳥さん宅へ向かうことになっている。身体の疲れと眠気に従い、休息に要する時間はなるべく多めに取っておくべきだろうと思い得る。

はてさて、外食か弁当か。どっちつかずな自問を反芻《はんすう》しつつ、カプセルホテルがある歌舞伎町方面に向かって歩いていると、電話の着信音が鳴った。

なんとなく嫌な予感が働き、そんな予感が当たってしまうというのも、特異な感覚が元に戻った効能だろうか。電話の発信主は、できれば今はあまり出たくない人物だった。なぜなら大抵、ろくな用件で連絡をよこさないからである。

とはいえ着信音はなかなか鳴りやまず、十数回目のコールで私は観念することにした。

「あ、先生。よかった、繋がった。今、お話大丈夫ですか？」

「先生はやめろ。一ミリも尊敬なんかしてないくせに」

しつこく私の携帯電話を鳴らし続けた相手は、名を（ま）という。

歳は三十代前半。さすがにくわしい場所まで晒す気はないが、新宿駅から数駅離れた街で独り暮らしをしている。本業も伏せておくが、彼女は少し前から私が開設しているツイッターのアカウントを共有して、拙著の宣伝活動などをおこなっていた。

ちなみに私が頼んだのではない。（ま）が自ら名乗りをあげて宣伝担当になりたいと、恭しい具合に申しこんできたのである。さらに素性をもう少しつけ加えると、この女はかつての私の相談客でもあった。思い返せば、もうかれこれ四年以上の付き合いになる。

「今日はなんの用だ？　今朝から出張相談が始まって忙しいんですがね」

「知ってますよ。今日は仕事が終わって、もうオフなんですよね？」

ご名答。というか、当たり前の回答である。都内出張相談のアナウンスも、三日間のスケジュールも、自前のアカウントで私が事前にツイートしている。同じアカウントを共有している（ま）が知らないはずなどないのである。

「そうですね」と答えるなり、「今から焼肉食べにいきませんか？」と（ま）が言った。

最前までの外食の候補に焼肉という選択肢はなかった。持病絡みで食べる物に制限を受けている品目はないのだが、今夜は焼肉という気分ではなかった。たとえば牛丼とか回転寿司とか、もう少し軽い物がいい。だが、（ま）の出方によっては話が違ってくる。さりげないそぶりで腹積もりをうかがってみることにした。

「一食分の予算は千円以内に決めている。焼肉だと、かなりの予算オーバーになるな」

「じゃあ、千円分だけ食べればいいじゃないですか？　単品で色々オーダーできるのが、焼肉屋さんのいいところです」

ことともない調子で（ま）が応える。確かに正論だったが、無慈悲な切り返しでもある。そういう答えを待っていたわけではないというのに。

「嘘。だったら奢《おご》らせてくださいよ。今日は朝から焼肉食べたい気分だったんですけど、独りで食べる焼肉って虚無感がすごいと思いません？　一緒に食べましょうよ」

色よい提案が出てきたところで了解する。一回分の食費が丸ごと浮いて万々歳である。胃に重そうな点に関しては、食べる量さえ抑えればなんとでもなるだろう。

「どこで待ち合わせる？」と尋ねると、アルタ前とのことだった。ベタな指定だったが、裏を返せば分かりやすい場所でもある。ちょうど進路も同じだったし、今から向かえば五分もしないうちにたどり着ける。

聞けば（ま）のほうも仕事が終わって、新宿駅の東口付近にいるとのことだったので、そこから先の合流は容易く速やかなものだった。アルタの前まで行くと（ま）のほうが先に着いて、にやにやしながら待ち構えていた。

「お久です。お疲れのところ、付き合わせることになっちゃって申しわけありません」

「奢ってくれるんだから、なんてことはない。楽しい焼肉パーティーを始めよう」

髪型は明るいアッシュブラウンに染めあげた、外ハネボブ。仕事あがりということで、小柄な体躯を装っているのは濃紺色のパンツスーツである。笑みが絶えない快活そうな顔つきは、そのまま内面の性分を如実に表わしているが、怒ると滅法恐ろしくもなる。

というのが、我がスタッフの特徴と気質を簡潔に伝えるあらましである。

拙著は一応、一通り読んでくれてはいるが、これまで具体的に褒めてもらった回数は、片手の指で数えられるほどしかない。新刊を書きあげるたびに感想を尋ねてみるのだが、「いい感じじゃないですか?」という薄いコメントが（ま）式回答の定番となっていた。

承認欲求と思われるなら、まさにそれまでのことなのだが、物書きの端くれとしては苦心して書きあげた自作を身近な関係者に多少なりとも褒めそやしてほしいというのが、正直なところである。

こうした私の願いに対して（ま）のほうは「露骨に褒めると慢心しますから」という、ド正論を向けてくるため、返す言葉もないのだが、要は「励め」ということなのだろう。それも「より一層励め」ということなのだと、私は忸怩《じくじ》たる思いで受け止めている。

然様な事情があって、じかに顔を合わせても自著に関する楽しい話題はおよそ望めず、会えばいつでもそわそわしたひと時を（最低でも五分か十分程度は）味わわされるので、できれば上京時のお誘いは、ほどほどにしてほしいと言ったところである。

とはいえ、食事を奢ってくれるというなら話は別だった。都内出張相談の経費節約に貢献してくれる心優しいお嬢さまの温情に感謝しつつ、ふたりでアルタ前から歩きだす。

「なんですか、その面白い生き物？」

ショルダーバッグの前側にぶらさがるアッカちゃんを見ながら、（ま）が尋ねてくる。

名前と簡単なプロフィールを教えてやると、（ま）は「あっそう」と興味のなさそうなコメントを返してきただけだった。だったら訊いてこなければいいのにと思う。

（ま）の先導でほどなくたどり着いたのは、歌舞伎町内にある個人経営の焼肉店だった。週末の晩ということで店内はかなり混雑していたが、それでも運良く座ることができた。

「遠慮しないで、なんでもオーダーしてくださいね。わたしも遠慮しませんので」

「お手並み拝見」と言いたげな表情で、テーブルに置かれたメニューを差し示しながら（ま）が言ってくる。私の意見としては、「なんでもいい」というのが本音である。

苦手で食べられない肉などないし、ホルモンのたぐいもＯＫ。そもそも牛だの豚だの、肉自体の種類は別として、等級や部位によって味がどう違うのかがいまいち分からない。昔からそうだった。焼肉というのは等しく旨いし、胃に重たいというだけの物である。

だからセットを注文してもらうことにした。カルビにロース、タン、ホルモンなどを一通り揃えた基本的なセットである。二人前で注文したセットはほどなく運んでこられ、テーブルに備えられた鉄網の上で良い香りがする白煙をあげながら焙《あぶ》られていった。

旨い肉である。思っていたよりは胃に掛かる負担も少ない。私はそれなりのペースで食べ進め、(ま) のほうは破竹の勢いで焼きあがった肉を次々と食べ進めていった。

二人分のセットはあっというまになくなり、今度は (ま) が単品でハラミやセンマイ、レバーなどを頼んだ他、カルビやロースのたぐいも追加で注文してくれた。

「わたしって性格悪いから、人の悪口は絶対言わない主義なんですけどね」

熱々の焼肉を頬張りながら (ま) と興じたのは、主に彼女の仕事に関する話題である。自ら主張するとおり、こいつが人の悪口を言うのは滅多にないのだが、愚痴ならこぼす。結局この日も、仕事関係の種々雑多な苦労話を聞かされる羽目になってしまったのだが、食事を奢ってもらっている手前、話題のイニシアチブは (ま) にあると言っていい。

というより、私を豪華な食事に誘った目的は、こういうことだったというわけである。同じ手口は初ではなかったし、電話で連絡をよこした時から魂胆も見え見えだったので、何も驚くことはなかった。出張相談の一環だと割り切り、甘んじて受けることにする。

徒然なるままに (ま) の口から紡ぎだされる愚痴と不平不満の嵐にさんざん付き合い、店を出たのは九時頃のことだった。(ま) の食べるペースに私もつい乗せられてしまい、胃のキャパが限界を迎えるぐらいの量を食べさせられる結果となる。

腹は「満たされた」というより、喉から迫りだしてきそうな重量感をずっしりと伴い、ホテルに着くまで暴発事故が起こらなければ良いがと、懸念されるほどの様相を呈した。（ま）に「大丈夫ですか？」と笑われながら、ふたりで並んで店を出る。

花の金曜日で賑わう歌舞伎町の路上を歩きだして、おそらく一分も経たない頃だった。背後にふと違和感を覚え、ほとんど反射的に振り返る。

無数のネオンの光が煌《きら》めく雑踏の中、路上を行き交う人混みに紛れて、見覚えのある太いシルエットがゆさゆさと巨体を揺らしているのが目に入った。

微妙に寝癖のついた栗色のおかっぱ頭に、上下灰色のスウェット。

どう見てもフッコさんだった。今回の都内出張相談における、相談客第一号である。

フッコさんはこちらのあとを追う形で歩を進めていた。目もこちらに向けられている。偶然の再会かと思いたかったが、思うよりも先に嫌な予感のほうが働き、偶然などとは割りきれなくなってしまう。彼女は私たちから十メートルほど離れた後方を歩いていた。

すかさず首を前に戻し、それからさらに三十秒ほど歩いて再び背後の様子を確認する。フッコさんはやはり、十メートルほど離れた背後を巨体を揺らしながら追ってきていた。目もこちらに向けられたままである。顔に表情らしいものは一筋も浮かんでいない。

ゆえに魂胆が掴めなかったが、ならば状況のみを俯瞰して判断するだけのことである。少なくとも私にとって、好ましい意図があっての尾行ではない。先に湧いた嫌な予感も訴えているとおり、警戒しておくに如《し》くはないだろう。

「どうかしました？」

二度目に振り返ってすぐ（ま）に尋ねられたが、差し当たって「さあね」だけ答える。正式な回答は、最初の角を曲がってからにするものと決めた。

行き交う人でごった返す通りをさらに五メートルほど進んだところで、通りに面した角を右へ曲がることになった。曲がりきったあとはそのまま十メートルを目安に進んで、再び背後へ視線を向ける。

やはりいた。相変わらず十メートル前後の間隔を保ちながら、フッコさんが私たちのあとをついてくる。

「尾行されてるって言ったら、信じるか？」

「え、なんて？」

歩きながらフッコさんの外見的特徴を（ま）に伝え、背後を確認してみるように促す。言われるままに振り返った（ま）は「ほお」と奇妙な声を洩らして、私に視線を戻した。

「どういう人なんです？」

　手早く掻い摘んでフッコさんの素性とこれまでの経緯を伝える。（ま）はそれなりに顔をしかめて聞いていたが、私の説明が終わっても大して動じるそぶりは見せなかった。

「どうしましょう？　ずっとついてくるんじゃないですか？」

「多分な。目的がなんだか分かりませんけど、こっちに気づかれても距離を詰めてくる気配もないし、はっきり言って薄気味が悪い。もしかしたら宿泊先を突き止めようとか、そういう魂胆があるのかもしれない」

　言い終えて振り返っても、やはりフッコさんは、同じ間隔を維持しながらついてくる。相変わらず目的も不明瞭だったが、一体どういう手段を使って午前の相談時間終了から、（それこそ長い間隔を空けて）私の居場所を探り当てたのか。そちらの問題についても判然としなかった。可能性が高い線としては、午前の相談時間終了後から新宿駅周辺にしぶとく居座って、私の影を探し続けていたということだろうか。仮にそうだとしたら大した執念だし、めでたく私の居場所を探り当てられたのは幸運だったと言えよう。

　あるいは焼肉店に入る前から私の存在を捕捉していて、店の前で張っていた可能性も考えられなくはなかったが、そうした可能性も含めて憶測の域は出なかった。

肝心なのは、今の事態をどう切り抜けるかということである。用があるならさっさと距離を詰めてきて目的を告げるなり果たすなりすればいいものを、灰色のフッコさんは巨体をゆさゆさ揺らしながら、ゾンビのような体たらくであとをついてくるだけである。これでは要領を得ない。どうしたものかと思いを巡らす。

「泊まっている場所までついてこられるのは、さすがにまずくないですか？」

「まあな。下手すると明日以降もホテルの前で待ち伏せされるかもしれない」

嫌な想像力が働きだすと、薄気味悪さに続いて危機感に準じる暗い懸念も湧いてきた。本当にそんなことになったら、おそらく目も当てられない事態になる。

「まいったね」と独りごちるようにぼやいたのを引き受けるかのように（ま）が言った。

「ちょっぴり待っててください。できることをやってきます」

さらりと言いのけるなり、（ま）は踵を返してフッコさんのほうへと歩み寄っていく。止めようとしてあとを追ったのだが、こちらを振り向いた（ま）に手のひらを翳されて「ストップ」と遮られ、やむなく足を止めてしまう。仕方なく、路傍に身を引っこめて様子を見守ることにした。万が一、不測の事態が起きた場合は、すぐに駆けつけられる構えだけは取りながら。

（ま）が歩み寄って来たことにフッコさんはすぐに気づいて、警戒するようなそぶりを見せながら路上のまんなかで木偶《でく》のように佇立《ちょりつ》した。

続いて（ま）がフッコさんの真ん前へと至る。周囲に渦巻く激しい喧騒に耳を阻《はば》まれ、声はよく聞き取れなかったが、「どういったご用件」や「つけてますよね」などという、（ま）の声はかろうじて認識することができた。

ちなみに先ほどまでの焼肉店で、私たちはアルコールのたぐいを一切口にしていない。要するに我がスタッフは、まったくの素面《しらふ》で斯様な攻勢に転じたというわけである。

基本的に物怖じをしない性分なのだ。過去に得た経験則から、異様な事態の対処にもある程度は慣れている。それでいて、怒ると滅法恐ろしくなる。実に頼もしい奴である。

現にフッコさんは、早くも動揺するそぶりを見せ始めているのがありありとうかがえた。（ま）のほうは軽く腕組みをしつつ、会話の節々で小首を傾げてみせたり、人差し指を突き立てたりしてみせながら、途切れることなく何やら言葉を紡ぎ続けている。

フッコさんが刃物でも隠し持っていない限り、過度に心配する必要はなさそうである。早めにケリがついてくれることを祈りながら、ふたりの様子を離れた距離から見守る。

そこへ傍らにふっと気配を感じた。主には仕事で感じるたぐいの気配である。

振り向くと隣にフッコさんが立って、猛犬じみた険しい形相を私のほうに向けていた。

ぎょっとなって身を引き離すや、フッコさんは目の前からぱっと姿を消してしまう。

視線を元の位置へと戻して見やれば、路上の先で（ま）とフッコさんが表を向け合い、変わらぬ調子で話を続けている。ということは、今視たものの正体はひとつしかない。

生霊《いきりょう》だ。フッコさんの生霊である。

またぞろ厄介な案件が増えたと判断せざるを得なかった。彼女が生霊をだせるのなら、仮にここで（ま）が本人を追い払っても、今後は場所も時間も関係なしに付き纏われる恐れが出てくる。

というより、もはやそれは確定事項と言っていい。向こうが私に対して抱える事情や気持ちがなんであれ、このまま無対処で放っておけば、延々と詰め寄られることになる。

生霊とは、然様な性質をもつ怪異の一種である。死霊と違って、生霊をひりだす本人が存命で、なおかつ矛先を向ける相手に対する気持ちが変わらない限りは何度退けようが（それこそゾンビのごとく）舞い戻ってくるものなのだ。

対処法はいくつかあるが、ここは現況と今後の悪い流れを鑑《かんが》みて、もっとも確実かつ、一度で用を果たせる手段で対応するのが上策と思い得る。

腹を決めると、私は道端から足を踏みだし、路上で話すふたりの許へ向かっていった。

「こんばんは。今日の午前中はありがとうございました」

フッコさんに声をかけ、まずは用件を尋ねようとしたのだが、先に答えをくれたのは（ま）のほうだった。

「お金、返してほしいんですって」

鼻面を縮めた呆れ顔で（ま）が語るには、今日の相談で私がとった対応の一切合切が気に喰わないので、相談料金を全額返してほしいとのことである。

「あたしは呪いを頼みにいったんです。変な祈願をしてもらうためじゃありません」

むっつりとした形相でフッコさんは宣《のたま》い、それから「返金を希望します」と続けた。

「そうですか、承知しました。すぐにお返しいたします」

要望に従い、すぐさま財布から一万円札を抜きだして、フッコさんの胸元に差しだす。

彼女はそれを引っ手繰《たく》るように受け取ると、無言で自分の財布の中にしまいこんだ。

返金するのは別に構わないが、そういう用件だったらメールか電話で知らせてくれれば、容易く事が済む話である。やはり生霊をだせるだけの性根を持ち合わせていると感じた。同時に残念ながら、彼女の頭は狂っているとも思わざるを得ない。

「他に何かご要望はございますか？」

「金輪際、あたしに関わってくるのはやめてもらっていいですか？」

恭しい調子で尋ねてやると、一拍置いてフッコさんはふてぶてしい声風《こわぶり》で返してきた。

どっちの台詞《せりふ》だろうと思ったが、素直に「お約束します」と答え、それから私のほうも肝心要な要求を突きつけてやる。

「あなたも私に生霊を送ってこないでくださいね。もちろん、こっちの彼女にも」

声音はあっさりとしつつも、はっきりとした口調で戒告すると、フッコさんは案の定、「何それ？」といった怪訝《けげん》な面持ちで私の顔を見つめてきた。

生霊というのは、その張本人が無意識のままに顕現させるものなので、指摘されても自覚を感じないのは当たり前のことである。だが、これでもうフッコさんは私に二度と生霊をだすことはできなくなった。

くわしい道理は不明ながら、生霊を発する生身の本人に対して加害の停止を求めると、当該人物はもう二度と同じ相手に生霊を送りだすことができなくなる。

多少のリスクは伴うも、これが生霊の災いを解消するのに、もっとも有効かつ確実な手段と言えるものだった。駆け出しの頃、水谷さんに教わった生霊対策の切り札である。

フッコさんは何かを言いたげな顔で私の顔を見つめ続けていたが、再び口が開く前に「これで失礼」と切りあげ、（ま）を促して歩きだす。

向こうから「金輪際、関わってくるな」と言ってきたのだから、生霊の再発は元より、以後は彼女に付き纏われることもないだろう。少し歩いてから背後をそっと振り返ると、フッコさんは私たちに背を向け、逆方向へ歩いていくところだった。やれやれである。

それから前へ向き直り、隣を並んで歩く（ま）に心ばかりの礼を述べる。

「ハラハラするような一幕をありがとう。まさかシリーズ最後の相棒がお前になるとは、夢にも思ってもなかったな。何気に生身で武闘派の相棒は初めてな気もする」

「ご不満ですか？　ていうか、メタッぽい発言するのやめてください」

唇のまんなかに人差し指を突き立てながら（ま）が言う。顔には笑みが浮かんでいた。別に不満はない。せいぜい気をつけて家に帰ってほしいと思うぐらいのものである。

「じゃあ、わたしはこれで。明日からも気をつけてがんばってくださいね」

腹の中で思っていたことと同じことを告げられ、駅方面とホテルの分かれ道に当たる新宿通りで解散となる。斯様に危なっかしい一面もあるが、頼もしいスタッフである。

別れを告げ合うと、私は重たくなった腹に難渋しながらホテルを目指して歩き始めた。

瞬間リターン

仙台在住の一花《いちか》さんが八年ほど前、高校時代に体験したという話である。
夏休みを迎えたある日、都内に暮らす叔母の家にひとりで泊まりにいくことになった。
当日の午後、母に改札まで見送られ、仙台駅から新幹線で上野駅を終着点にして出発。
およそ二時間で到着し、ホームに降り立つ。
頭上の案内板には「仙台駅」と記されていた。ホーム自体も仙台駅の光景である。
「え?」と声をあげるなり、携帯電話の着信音が鳴った。相手は母からである。
通話に応じると、父が先ほど勤め先で事故に遭い、病院に搬送されたとのことだった。
「すぐに戻ってきて!」と言われたが、言われる前に戻ってきている。
父は重傷だったが、幸いにもその後の経過は順調で一命を取り留めるに至った。
新幹線は、確かに上野へ向かっていたはずだという。

いもしない

こちらは高速バスにまつわる話である。

紫代美《しよみ》さんが都内で開かれるライヴに参加するため、仙台発の夜行バスに乗った。

席は通路側。窓側には自分と同年代の若い女性が座っていた。

夜中の休憩時間、サービスエリアで用を足してバスへ戻ってくると、窓側の席に座る女性の姿がない。彼女も用を済ませに車外へ出たのかと思ったのだけれど、出発時間が迫る頃になっても戻ってくることはなかった。

やがて運転手が、バスの発車を知らせるアナウンスを始める。他人事ではないと思い、席を立って事情を知らせにいく。

すると運転手は、「その席には予約が入っておりません」と事もなげに答えた。

ならば紫代美さんは、出発から二時間近くも誰を隣に座っていたというのだろう。

はらわた撮影

八〇年代の中頃、稲盛《いなもり》さんが中学校の修学旅行で東京へ出掛けた時のこと。

一日自由行動を与えられた旅行の最終日、稲盛さんたちのグループは渋谷へ向かった。

地図を頼りにあちこち巡り歩いていると、近くの路上で「どん！」と轟音が鳴り響く。続いてタイヤがアスファルトを食いしばる、けたたましく鋭いブレーキ音。

音がしたほうへ駆けつけていったところ、路上に中型トラックが鼻先を斜めの角度に向けて停まり、その後方にごろりと転がる赤い人影があった。

くわしい状況は定かでないが、結果を見る限り、トラックが路上に出てきた人を轢《ひ》き、身体の上をタイヤで跨いだあとに（もしくは跨ぎながら）ブレーキを踏んだ。

そんなふうに見做すのが、妥当と思える光景である。現にトラックの後方から路上に倒れる人影に向かって、モップで描いたような赤い血の線が長々と引かれていた。

それより真に凄まじかったのは、路上に倒れる身体のほうである。

若い女性のようだった。仰向けに横たわる彼女の腹は、服ごと肉がばっくりと破けて、中から真っ赤な鮮血にまみれた臓物が小山のようにはみだしていた。

主には腸の割合が多く目につく。オレンジ色の巨大ミミズを思わせる太くて長い腸が、だらりと路面に向かって伸びたり重なり合ったりしながら、表面を濡らす真っ赤な血を太陽の光できらきらと輝かせている。その他、臓器と思える塊もいくつか見て取れた。

女性はすでに微動だにしていない。仰向けになった身の下からは、大きな血溜まりも広がりだしていた。すでに死んでいるとしか思えない状態である。

「ひでえ、吐きそうなんですけど……」

稲盛さんが蒼ざめながら呻《うめ》く傍らで、グループの友人のひとりが自前のカメラを翳し、女性に向かってシャッターを切った。珍しい光景だから、記念に撮ったのだという。

旅行が終わった後日、その友人が現像から戻ってきた写真を見せてくれた。

旅行中に撮影された数十枚の写真はなぜか全て、全体が赤黒い色のみで写っていたり、血に浸したように滲んでいたり、赤一色に染まるような物ばかりだったそうである。

初めてが台無し

もうすでに三十年近く前の話になるという。宮城に暮らす蔦子《つたこ》さんが、仕事の出張で初めて東京に出向き、一夜を過ごすことになった時の話である。

宿泊先は都内の取引先からほど近い、新宿某所のビジネスホテルを予約してもらった。初日の仕事が終わり、ホテルにチェックインしたのは午後の九時近く。初めての上京と不慣れな仕事をこなしたことで心身ともにくたびれ、早めに休んでしまいたかった。

フロントで鍵を受け取り、宛がわれた部屋へ行ってドアを開ける。

暗闇に染まった室内に足を踏み入れるとベッドの縁《ふち》に女が腰掛け、こちらを見ていた。裾の短い真っ白なキャミソールだけを纏った、若い女である。

ぎょっとなってすかさず「失礼しました！」と頭をさげたのだが、再び顔をあげると女の姿がどこにもない。今度は悲鳴をあげてフロントへ舞い戻る。

しどろもどろになって従業員に事情を伝えると、あっさり部屋を替えてくれるという。特に不審な目で見られることもなく、「申し訳ございませんでした」とお詫びも受ける。新たに宛がわれた部屋は、最初の部屋とは別階にあった。ひとりで行くのは怖いので同行を求めると、これもあっさり承諾してもらえた。

従業員を先頭に館内を進み、新たな部屋のドアの前に立つ。従業員が鍵を回してドアを開けた。中へ顔を入れるなり、「あ」と妙な声を吐きだす。つられて蔦子さんも室内を覗きこむと、暗闇の中に白い人影が見えた。影はベッドの縁に腰掛けているようだった、

思わず声を洩らしそうになった瞬間、ドアが従業員の手でばたんと固く閉ざされた。続いてこちらを振り向き、「失礼いたしました。部屋を間違えました」などと言う。「どういう意味で？」と思ったが、怖くてとても訊けなかった。

改めて案内された部屋の中には、怪しい女の姿も気配もさすがになかったのだけれど、その夜はなかなか寝付けず、翌日はぐったりしながら仕事をすることになった。

蔦子さんとしては最初の部屋で女の姿を見たことよりも、次の部屋で従業員が見せた「あ」という反応のほうがはるかに恐ろしかったそうである。

都内二日目　個別怪談会

大して眠れはしなかった。

フッコさんから思わぬ襲撃を受ける羽目になったその翌日は、なかなかの睡眠不足でホテルを出ることになった。

この日の天気は快晴。空から射し入る陽光が、目の奥まで刺し貫くように痛い。

出発したのは午前九時半、狭苦しいカプセルユニットの中で起床したのは六時半過ぎ、眠りに就いたのはおそらく昨夜三時前後のことだった。あえて睡眠時間は数えまい。

新宿通りで（ま）と別れ、ホテルにチェックインしたのは、十時半過ぎのことである。

過剰に振る舞ってもらった焼肉のおかげで、胃袋には牛、豚、鳥の身が混じり合った肉のとぐろがずっしりと鎮座ましましているような感じだったため、腹具合はマックス。宿に入っても二度目の晩餐を催す必要はなかった。

手早く荷物の整理などを済ませると共用風呂に入って館内着に着替え、残りの仕事は寝るだけという段取りまで漕ぎ着ける。我ながら完璧な具合だったといえる。

だが、結果は先に挙げたとおりである。カプセルユニットに入ったのは十一時半頃で、すぐに寝付ければ十分な睡眠時間が確保できたものを、そうは問屋が卸《おろ》さなかった。大量の焼肉によって生じた胃もたれは思っていた以上にひどく、寝ようと心がけても一向に寝付くことができなかったのである。挙句に喉も渇いてきてしまい、ラウンジに降りてジュースを飲むなどしているうちに、すっかり寝るのが遅くなってしまったのだ。寝覚めてからも胃はまだそれなりに重たかったので、朝食は抜きにして午前の仕事に取り掛かることにした。場所は昨日、フッコさんとの無為なひと時を過ごしたのと同じ、新宿駅近くの喫茶店である。

午前の仕事の依頼主は、尚恵《なおえ》さんという三十代前半の女性だった。

彼女の他にも同席者がふたりいて、ひとりは尚恵さんの娘で小学三年生の琉亜《るあ》ちゃん、もうひとりは尚恵さんの友人だという早子《はやこ》さん。

依頼内容は「怖い話が聞きたい」とのことだった。「拝み屋」シリーズを書いている関係があって、都内出張相談ではこうした依頼を与えるのも珍しいことではなかった。

尚恵さんも早子さんも昔から無類の怪談ファンで、なおかつ拙著の愛読者でもあった。ぜひとも著者本人から、その手の怖くて怪しい話を聞いてみたいのだという。

正直なところ、書くのはともかく、生語りのほうに関しては大した自信もないのだが、名指しで乞われた以上、張りきらないわけにはいかなかった。一枠二時間の予約時間を存分に怖がり、楽しんでもらうつもりだった。

とはいえ、ささやかな怪談会の席には小学三年生の女児も同伴している。尚恵さんの説明では、この娘も怖い話は大丈夫とのことだったが、それでも怪奇と恐怖に彩られた生語りの世界が幕をあげる前に、私は多少なりとも気分を和ませて差しあげたかった。

というわけで、ようやくこいつの出番である。持参したショルダーバッグの前側からアッカちゃんを取り外し、右手に持って彼女の前に軽く突きだす。

「こんにちは、ルアちゃん。こわいはなしは、すきですか?」

裏声を使って声をかけると、琉亜ちゃんは笑ってくれた。口角を大仰に引き攣《つ》らせた、それは渋い笑みだった。尚恵さんたちがこしらえたのも、似たり寄ったりの笑みだった。

私のほうは賑々しく緩めた頬はそのままにして、けれども裏声による二の句は継がず、アッカちゃんをバッグの定位置に繋ぎ直す。自分に笑いのセンスがないのを忘れていた。

「えー……事前にいろいろ目星はつけてきたのですが、何かリクエストがありましたら、ご遠慮なくおっしゃってください。ご希望をお伺いしつつ進めて参りたいと思います」

声音を元へと戻し、ショルダーバッグの前側から無言で私を見あげるアッカちゃんの視線を寒々しく感じながら、怪談ファンのご婦人方に水を向ける。

今度は一点の曇りもない笑顔とともに、尚恵さんたちから答えが返ってきた。

私の地元、つまりは田舎にまつわる怖い話が、とりわけ聞きたいとのことである。

幸いにもそうした話を主軸に進めていくつもりだったので、こちらの算段については抜かりなかったと言えよう。この日のために準備してきた田舎の怖い話は存分にある。

アッカちゃんの小芝居で滑った恥辱をそそぐべく、私は喫茶店の四人掛けテーブルを舞台にささやかな個別怪談会を始めることにした。

次項から続く五話が、この日に話した主な怪談の再録となる。

規模ではなく

平尾《ひらお》さんは岩手県のとある田舎町で、自治会青年部のリーダーを務めている。

ある年の夏、地区主催の夏祭りで、青年部は『四谷怪談』の余興をやることになった。

「青年部」と言ってもメンバーの大半は五十代で、同時に彼らはドリフ世代でもあった。

余興の演目は『8時だョ！全員集合』で好評を博した、お化けコントの模倣に決まる。

お化け屋敷を模したステージ上で、お岩さんに扮したメンバーが他のメンバーたちの背後へじりじりと忍び寄って脅かし、観客たちの笑いを誘うという趣向である。

お化けは別段、お岩さんである必要もないのだけれど、たまさか集会場の用具室からお岩さんのマスクが出てきたので、これを使うことにした。

当日の日中は、地元の老いた神主が安全祈願の祝詞《のりと》をあげるため、会場にやって来た。

平尾さんたちから余興の内容を聞いた神主は「洒落にならないからやめろ」と言った。

「今さらやめられない」と答えると、「だったらせめて、お祓いをしよう」と申し出る。

だが、祭りの準備に手間取っていた平尾さんたちは、この申し出を断った。

夜から始まった『四谷怪談』の余興は思いのほか、好評を博した。

平尾さんたちと同年代の中年層や年配の観客たちからは、懐かしさをもって歓迎され、ドリフのお化けコントを知らない子供たちも珍しがって喰いついてきた。

客席からはお馴染みの「志村、後ろー！」を模した野次も出て、余興は盛況に終わる。


翌日から平尾さんを含む、青年部のメンバー全員が、高熱を発して臥《ふ》せった。

発熱の原因は不明。ただ、発熱した面子の半数以上が片目か左右の目蓋《まぶた》が腫れあがり、赤黒く膿んでしまったということで、お岩さんの祟りだろうという結論に至った。

青年部の家族らが神主に頼みこんでお祓いをしてもらったところ、熱はまもなく引き、目蓋の腫れも痕を残すことなく治まった。

たかだか田舎の小さな祭りの余興ですら、事前にお祓いをしないと祟られる。

図らずも『四谷怪談』における祟りの実証性を、体現する羽目になってしまった。

当時、両の目蓋が腫れあがったという平尾さんは、苦笑いを浮かべて話を結んだ。

遊っぺえ！

専業主婦の孝代《たかよ》さんが、少女時代に体験した話である。

小学五年生の冬休み、彼女は母方の実家に数日、預けられることになった。

町場でふたり暮らしをしている母が、仕事の都合で都内に出掛けてしまうからである。

実家には祖父母が暮らしている。家は町場から遠く離れた距離にあり、周囲は野山と田畑に囲まれた、不便でうら寂しい場所である。近所に娯楽になるものもない。

孝代さんは「独りで留守番できる」と訴えたのだが、母は「ダメよ」と譲らなかった。

実家に着くと、祖母から「今夜は一緒に寝よう」と誘われた。祖母は別にいいとして、同じ部屋では祖父とも床を並べて寝ることになる。年頃なので生理的に嫌だった。

すげなく断ると、祖母は母が娘時代に使っていた部屋を寝室代わりに使わせてくれた。

二階の奥に位置する八畳敷きの和室である。部屋には畳と押し入れ以外、何もなかった。

その晩遅く、慣れない環境に四苦八苦しながらも、ようやく眠りに就いた頃である。

「遊っぺえ！」

出し抜けに聞こえた、鼓膜をつんざくような大声にはっとなって目が覚めた。

声は音を早送りしたかのように調子っぱずれで癇走《かんばし》ったものだった。続いて目の前の薄闇に迫っていたものを視線が捉えた瞬間、今度は孝代さんが悲鳴をあげることになる。

孝代さんの胸元には、真っ白い顔をした日本人形が前のめりの姿勢になって突っ立ち、碁石のように黒い目でこちらをじっと覗きこんでいた。

すかさず両手で払いのけると人形は吹っ飛び、部屋の隅までごろごろと転がっていく。薄桃色の着物を纏った、市松人形のようだった。赤ん坊と同じくらいの背丈がある。

どこからやって来たのだろうと思い始めた矢先、押し入れの戸が細く開いているのが目に入る。幅はちょうど、人形がすり抜けられるほどの尺で開かれていた。

嗚咽をあげつつ祖父母の寝室へ駆けこみ、事情を説明したところ、件の人形はその昔、祖父母が幼い頃の母に七五三祝いとして買い与えた物だと分かった。母が大人になって家を出てからは、ずっと押し入れの中にしまいっぱなしになっていたらしい。

その晩から孝代さんは四の五の言わず、祖父母の寝室で眠るようになったという。

ヒトツメミドリ

八〇年代の初め頃だという。介護士の古田部《こたべ》さんが小学時代にこんな体験をしている。

当時、古田部さんが通う小学校では、川釣りが静かなブームになっていた。

折しも釣りが題材の少年漫画が流行っていた頃で、漫画に誘発されてのブームだった。

川釣りと言っても本格的なものではなく、地元の雑貨店で扱っている子供用の釣竿で小魚を獲るくらいの遊びである。場所も近所を流れる小川や小さな沼が大半だった。

釣りにはさほどの興味はなかったが、古田部さんもブームに乗っかる形で道具を揃え、友人たちから誘いが掛かれば一緒に出掛けるようにしていた。

そうしたある日のことである。

休日の昼間、野上《のがみ》君という釣り仲間が、「たまには違う場所で釣ろう」と言いだした。

隣町の山沿いに位置する雑木林の中に大きな沼があるのだという。

地図を調べて知ったらしい。自転車で三十分の距離なので、行こうぜとのことだった。古田部さんを始め、三人の釣り仲間が彼の誘いに応じる。

総勢五名で向かった大きな沼はちょうど、学校のプールと同じぐらいの容積があった。歪んだ半月形をしていて、水面は古びたオイルのように黒々としている。沼のほとりに群立する樹々は荒々しく葉を生い茂らせて、辺りは昼間でも不気味な様相を醸していた。

さっそく手頃な場所を見つけ、水辺にずらりと並んで釣り糸を垂らす。

釣果は大して期待していなかったのだが、小ブナやモツゴなどがそれなりのペースで針に掛かるので、飽きずに腰を据えることができた。

やがて二時間近くが過ぎ、そろそろ夕暮れ時が迫りつつある頃である。

ふいにひとりの釣り仲間が「あっ」と声をあげ、黒々と淀む水面の先へと目を向けた。続いて「あれ！」と叫び、怯える目つきが見据えるほうを指差す。

つられて視線を向けると、沼のまんなか辺りの水面に、ぽこりと何かが浮かんでいる。

ぱっと見た印象は、緑色をした一つ目小僧の顔だった。

つるりと禿げた丸い頭の中心に、顔全体を埋め尽くすほどに大きな目玉がひとつある。肌は南瓜《かぼちゃ》を思わせる濃い緑に染まり、目も南瓜の花によく似た明るい黄色に輝いていた。

目玉があまりに大きすぎるためか、丸い顔の中には鼻も口も付いていないようである。耳らしきものもなかった。深い緑に染まった顔面には、大きな目玉だけがついている。

得体の知れない化け物は、淀んだ水面に首から上だけをぬっと突きだし、黄色く光る目玉をぬらぬらと見開いて、こちらをじっと見つめていた。

他の釣り仲間も化け物の存在に気がついて、次々と驚きの声をあげ始める。

一方、化け物のほうは微動だにせず、黙ってこちらを見つめ続けるばかりである。

「おのれ妖怪め！」

そこへ野上君が突然声をあげ、足元に転がっていた石を化け物に向かって投げつけた。石は化け物の目玉に見事命中し、衝撃で丸い頭がぐらりと大きくうしろへ傾く。

得体の知れない一つ目の化け物は、大きな目玉で埋め尽くされた丸い面を上に向けてふらふらと天を仰ぎながら、淀んだ水の中へゆっくりと沈んで消えていった。

あとには化け物がこしらえた波紋の連なりが、水面を静かに揺らすのが見えるばかり。辺りは再びしんと静まり、悪い夢から寝覚めたようなひどく不安な心地に陥った。

他の友人たちも呆然となって、沼の水を揺らす波紋の名残を黙って見つめ続けている。そうした一方、化け物を仕留めた野上君だけは息を弾ませ、陽気な笑みを浮かべていた。

「やってやった。どんなもんだい、見てただろ？　ばっちり目玉にぶつけてやった！」

意気揚々と語る野上君に「すげえな」と古田部さんは返したが、形式的な称賛だった。

彼の功績などより、ばくばくと脈打つ心臓の動きに慄いて、気分がまるで落ち着かない。

他の連中もどうやら同じ心境らしく、野上君を手放しで褒め称える者はいなかった。

そのうち誰かが「帰ろうぜ」と言いだすと、ほとんど無言のままに家路をたどった。


野上君が入院したことを知ったのは、その翌日のことである。

彼の家の近所に暮らす友人の話によると、野上君は昨晩遅く、素っ裸の状態で自宅を飛びだし、わけの分からない奇声を猛らせながら、野山を夢中で走り回ったのだという。

その勢いは子供の足とは思えないほど、凄まじく速いものだったらしい。

彼の家族や近所の住人らが躍起になって追い回したのだが、ようやく保護できたのは朝方のことだった。野上君は保護されてからも奇声を発し続けていたという。

以来、野上君は入退院を繰り返すようになってしまい、再び顔を見ることはなかった。

当時から四十年近い月日が経った今でも、彼の容態は回復していないそうである。

喪の森

今から三十年ほど前のこと。

甲賀《こうが》さんが小学二年生の夏休みに、こんなものを目にしたことがあるのだという。

その年のお盆、甲賀さんは秋田県に暮らす親戚宅に家族で泊まりに出かけた。

親戚宅には同い年の従兄弟《いとこ》がいて、すぐに打ち解け、仲良くなった。

家の周りは豊かな自然に恵まれ、旺盛に繁茂した樹々の葉や田畑の緑が真夏の陽光に燦々《さんさん》と照らされ、目に沁みいるような瑞々《みずみず》しい輝きを帯びている。

従兄弟は虫捕りが好きな子だった。甲賀さんも昆虫のたぐいは大好きだった。

親しくなってからは彼から借りた捕虫網を携え、ふたりで日がな虫捕りに興じ始める。

初めは野原でトンボやセミなどを捕まえていたのだが、甲賀さんが手慣れてくるのを見計らうようにして、従兄弟が「大物を捕りにいこう」と誘ってきた。

家から少し離れた森の中ではカブトムシが捕れるのだという。それもとびきり大きなカブトムシである。従兄弟の提案に俄然そそられた甲賀さんは、すぐさま誘いに応じる。

森は寺の裏手に広がっていた。寺に隣接する古びた墓地の中を通って、深く生い茂る樹々の青葉と下生えが織りなす森の中へと分け入っていく。

薄暗く湿った森の中は、空気が幾分ひんやりしていて涼しかった。頭上で盛んに喚く蝉たちの声を耳にしながら草葉を掻き分け、従兄弟の背中を追いかける。

しばらく進んでいくと従兄弟が足を止め、「あっ」と声をあげた。目は前方を見つめている。甲賀さんも視線を向けると、数メートル離れた木立の先に、白黒の縦縞模様に染まる大きな布が見えた。

弔事《ちょうじ》の際に張られる鯨幕というやつで間違いなかった。目算で縦幅は二メートル余り、横幅は三メートルほどある。樹々の梢に要所を縛られ、上から垂れさがっているらしい。

鯨幕の前では黒い喪服姿の男女が円陣を組んで立ち、皆で輪の中心を見おろしている。

数は全部で十人ほど。

白髪頭に顔じゅうを皺《しわ》だらけにした老人の姿もあれば、中年や歳若い男女の姿もある。いずれも生気に乏しい仏頂面をしていて、何を思っているのか、胸の内は計り知れない。

甲賀さんと従兄弟が黙って見つめるさなか、喪服姿の一団はやおら胸元で手を合わせ、地面にある何かに向かって合掌をし始めた。

続いて何やら呪文のようなものを唱えだす。声音はがらがらとした乾きを帯びて低く、節もついていたが、お経ではないようだった。耳に馴染みのない独特な響きをしている。

そもそも一体、こんな場所で何をしているのだろう？

疑問に首を傾げつつ、従兄弟に尋ねてみようと口を開きかけた時だった。

男女が作る輪の中から、何かがぬっと立ちあがるのが見えた。

餅のように真っ白い顔色をした女だった。

女は異様に背が高かった。周囲で輪を成す一団よりも、頭三つ分ほど身の丈が大きい。その背は、後方に掛かる鯨幕の上辺も軽々と超えていた。おそらく二メートル半はある。

タールのようにどす黒くて強い湿り気を帯びた髪の毛は、首筋から腹の辺りにかけてどろどろと幾重にも絡み合い、一群れの蛇を思わせるうねりを描いて垂れ落ちている。

身体には白い着物を纏っていたが、胸元は大きくはだけ、鎖骨と胸骨の線が浮き出た皮膚が露わになっていた。一方、瞳のほうは血の雫を思わせる濃い赤に染まっている。

異様な姿に驚くさなか、女とふいに目が合った。白い顔の口元に薄い笑みが浮かぶ。

甲賀さんと従兄弟が「ひゃっ！」と声をあげたとたん、女を取り囲む喪服姿の男女も、一斉にこちらへ首を振り向けた。

大きな女と違い、彼らの顔には笑みなど一筋も浮かんでこない。仁王像を連想させる石のような顔つきで、甲賀さんたちを無言のままに睨みつける。

堪らずばっと身を翻すなり、ふたりは一目散に森から外へ飛びだした。

喚き声を撒き散らしながら墓地の中を走っていると、竹ぼうきで掃き掃除をしていた寺の住職に「どうした？」と呼び止められる。

「お化けを見た！」と口々に訴えると、住職は「ならば退治してやろう！」と笑いだし、ほうきを片手に独りで森の中へと入っていった。

しばらく待っていると住職が、やはり笑みを浮かべて戻ってくる。

「お化けなんかいなかったぞ」と言って、住職は愉快そうに笑った。

「確かに見たんだ！」と言い張っても、老いた坊主は頭を振って笑うだけである。

「さあさあ、またぞろお化けと出くわす前に引きあげなさい」

冗談めかして甲賀さんたちに言いつけ、住職は本堂へ続く墓地の中の小道を歩きだす。

怖じ気に震えながら住職の後ろ姿を目で追い始めて、まもなくのことだった。

小道の傍らに立つ古くて大きな墓石が、突然ぐらりと前のめりに傾いた。

次の瞬間、墓石は住職の身体に倒れかかる。

老いた坊主は小さく「うわっ」と声をあげ、両手で墓石を止めにかかったのだけれど、重みに耐えきれず、そのまま墓石ごと、地面にべしゃりと圧《お》し潰されてしまった。

血相を変えて寺へ駆けこみ、すぐに救急車を呼んでもらったのだが、その日のうちに住職は帰らぬ人となってしまった。

甲賀さんたちが森の中で出くわした巨大な女や、得体の知れない喪服姿の男女らとの関連性については、今になっても分からぬままとのことである。

灰色人

すでに六十年ほど前の話になるという。七十代半ばを過ぎる浅間《あさま》さんの体験談である。

彼の住まいは宮城県の西部に位置する、とある山中にある。

今の時代となっては順当に道路が整備され、車で気軽に街場へ向かうこともできるが、半世紀以上前の当時は違った。家の周囲に延びる山道の大半は古ぼけた砂利道か土道で、昼でも人気が少なく寂しい土地柄だった。

浅間さんが中学三年生の時である。

ある秋の休日、卒業後の進路について、両親と口論になった。腹が立った浅間さんはそのまま家を飛びだし、自転車に乗って山道を下り始めた。

ところがペダルを漕ぎ始めて、まもなくのことである。砂利道に紛れて転がっていた古釘がタイヤに突き刺さり、自転車はあえなくパンクしてしまう。

当初の腹積もりでは、山道を滑走して街場へ向かい、時間を潰すつもりだったのだが、これではどうすることもできなかった。とはいえ、おめおめと家に戻るのも癪《しゃく》である。

そこで彼は、徒歩で山奥へ向かうことにした。

九十九折《つづらお》りになった山道の方々には、無数の脇道が延びている。

その大半が人家の門前へ至る道筋か、あるいは伐採した木を運びだす運搬路なのだが、中にはどこに続いているのか分からない道もある。

気兼ねなく独りきりになれる場所を見つけて、日没頃まで過ごそうという考えだった。道端に繁茂する樹々に向かって目を凝らし、細い隙間となって延びる脇道を選びながら歩きだす。

しばらく進んでいくと、荒々しく生い茂った樹々の中に細い道筋を見つけた。

道は灌木の葉と下草にまみれ、一見しただけでは見落としてしまうほど分かりづらい。初めて目にする道だった。半ば自暴自棄になっていた気分と好奇心の両方に背を押され、先へと足を踏み入れる。

蔓延《はびこ》る草葉のせいで判然としなかったが、道幅はおそらく一メートル近くはあった。五メートルほど先に進んでいくと下草の数は徐々に減り、丈もしだいに低くなっていく。

振り返ると、元来た道は緑が織りなす分厚い葉に遮られ、すでに見えなくなっていた。反対に歩みを進める道の先は、少しずつ視界が開けていくようだった。

一体、どこに続いているのだろう。思いながら先へ先へと進んでいく。

やがて十分近く歩いた頃だろうか。道の先に建物らしき物が見えてきた。

周囲に生い茂る樹々に視界を阻まれ、全体ははっきり見て取ることができなかったが、おそらく民家のような造りである。それもかなり古そうな構えだった。

さらに進んでいくと、ようやく薄暗い藪の中を抜け、開けた場所に出ることができた。奇妙な道を抜けた先には、黄土色の枯れ草が交じった狭い草地が広がっている。

道から少し離れた向こうには、茅葺《かやぶき》屋根が葺かれた小さな木造家屋が立っていた。屋根も壁も半ば朽ちかけたようになっているので、空き家ではないかと思い始めた時、軒にぶらさがっている物が目に入り、とたんに背筋がぞっとなる。

茅葺屋根の軒下では、綺麗に皮を剥かれた蛇たちが簾《すだれ》のように連なっていた。

全部で十匹以上はぶらさがってる。いずれも身が太く、子供の背丈くらいの尺がある。薄桃色に染まる肉の表面は、仄かな水気を帯びて光っている。どうやら皮を剥がされて、あまり時間が経っていないらしい。

空き家ではない。一体、誰がこんなことを？

無残な姿に変わり果てた蛇の剥き身に視線を釘付けにされていると、家の右手に繁る小藪の中から、がさがさと葉の擦《こす》れ合う音が聞こえてきた。すかさず元来た道の葉陰へ身を潜める。

固唾を呑みつつ様子を探っていると、まもなく藪の中から何かがのそりと姿を現した。形は大きな人の姿に似ていたが、人とはまったく異質なものだった。

まずもって衣服を身に着けていない。

露わになった全身の肌は、象の皮膚か玄武岩などを思わせる濃い灰色で、その質感もがちがちとした硬い印象を抱かせる。表皮の方々には、細長いひび割れが走っていた。

頭部は大きく面長で、毛髪は一本も生えていない。

目玉は黒い瞳が点のように小さく、白目の占める面積が異様に広い。

鼻筋はあるのかないのか分からないほどに平たく、目玉と同じくらいの大きさをした鼻穴がふたつ、顔のまんなかに開いている。

耳は穴すら見当たらない。口は大きく、頬の端辺りまで真一文字に裂けている。

身の丈は少なく目算しても、二メートル以上はあった。小山のような体躯である。

全身が灰色に染まるその化け物は、片手に蛇を数匹、束にしてぶらさげていた。蛇は化け物の歩調に合わせて尾をぶらぶらと揺らしている。おそらく絶命しているのだろう。

化け物はこちらに気づく様子もなく、地べたを踏み鳴らしながら家の前まで至ると、玄関とおぼしき戸を開け、身体を前屈みにして中へと滑るように入っていく。後ろ手に戸が閉められるのを認めるなり、浅間さんは元来た道を引き返していった。

そうして無事に帰宅したのち、進路を巡る口論の一件も忘れ、自分が見てきたものを家族に必死になって説明したのだが、まともに取り合ってもらえなかったという。

得体の知れない茅葺屋根の家に通じる細道は、再び向かうと影も形もなくなっていた。折に触れては同じ山に暮らす住人たちに事の次第を話してもきたが、誰ひとりとしてそんな家や化け物のことなど知らないとの答えが返ってくるばかりだった。


それから今現在に至るまで、浅間さんは同じ山の中に住み続けている。

遠い昔、六十年ほども前――。

自分はあの時、どこに行き着き、何を目にしてしまったのだろう。

今でも確たる答えが出ないまま、もやもやとした気分に陥ることがあるのだという。

都内二日目　中間地点

尚恵さんたちを相手に催した個別怪談会を終えしめ、その後は昼食と昼休憩を兼ねたおよそ三十分を近くのバーガー店で過ごす。いちばんシンプルなハンバーガーを食べた。この頃になると昨夜の焼肉は腹の中でだいぶ落ち着いていたのだが、実際のところはまだまだ重たい物を食べたい気分には戻っていなかった。

形は違うとはいえ、ここでも牛肉を食べることにしたのは、午後からの仕事に備えて体力をつけるためと、食後に長居ができそうなのはバーガー店しかなかったからである。

食後に軽い胸焼けを感じつつ、上京前に買った文庫本を読みながら身体を休める。

怪談会は出だしも間抜けな感じだったが、本番中も要所で錯綜《さくそう》した感が否めなかった。緩い感じの怪談を続けて話すと、大人ふたりはなんとなく退屈そうな顔をしてしまうし、ならばと思ってそれなりに怖い話をし始めると、今度は娘のほうが怯えてしまう。

匙《さじ》加減も選択も難しいものである。最後はお礼の言葉をいただいてお別れとなったが、果たしてどれほど満足してもらえたことだろう。小さな子がいると難易度が跳ねあがる。休憩時間中はそうした学びについても思いを巡らし、やはり自分は拙い生語りなどより、文章表現のほうが性に合っている気がしてならないように思えてしまった。

時刻が正午を半分回る頃を見計らって店を出る。

次はいよいよ、似鳥さんの家を訪ねる時間である。新宿駅から八王子駅までの行程は、路線によって多少のばらつきはあるが、概ね四、五十分といったところである。

八王子は初めてだった。知らない土地に出掛ける際に高揚感はあまり湧かない質《たち》だが、その半面、不安や恐れを抱くようなこともほとんどない。気質的に妙なところが平板で、なおかつ妙な加減で肝が据わっているのかもしれない。

今は八王子に暮らす依頼主の母娘とは、十五年ぶりの再会となる。頼まれているのは手慣れた家祓いの儀式とはいえ、気楽に考えているというわけでもない。

水谷さんから代打を受けた依頼ということもあり、平素よりなおさら気を引き締めて事に当たってくるつもりだった。

地蔵と人形事件

今から五十年近く前のこと。七〇年代の中頃に、山形県の田舎町で起きた話だという。

真夏の朝方、農家の希江子《きえこ》さんが自宅の門口を出ていくと、道端に立つ地蔵のほうに目が留まった。地蔵の前には、大量の日本人形がぞろぞろと凭《もた》れかかって犇《ひし》めいている。

いずれも顔や着物が泥土に汚れ、気味の悪い風合いを醸す人形たちである。

昨日まではない物だった。誰がなんのために置いていったのかも分からない。

駐在所に連絡すると、すぐに守谷《もりや》さんという顔馴染みの若い警官が現場に駆けつけた。

人形たちはとりあえず、守谷さんが駐在所に引き取るということで話がつく。

だが、それから少し経って再び門口を出てみたところ、彼はまだ地蔵の前にいた。

地べたにだらしなく座りこみ、両手に人形を抱きしめながら、へらへらと笑っている。

ひとりでママゴト遊びをしているような具合である。

声をかけると、守谷さんはたちまちはっとなって正気に戻り、持参した段ボール箱に人形たちを慌ただしく詰めこんで、その場を立ち去っていった。

希江子さんが彼の姿を見たのは、それっきりになってしまう。

この日から守谷さんは行方不明となり、およそ一週間後に付近の神社の裏手に広がる林の中で冷たくなっているのが発見された。

遺書は見つからず、回収していった人形たちも行方が分からずじまいとなったのだが、守谷さんの遺留品に関してだけは、遺体の発見に先んじて見つかっていた物がある。

愛用していた官帽が失踪した翌日に、なぜか地蔵の頭に被せられていたのだという。

感謝の印（推定）

まもなく七十代を迎える根垣《ねがき》さん夫婦は、福島県の僻地で小さな雑貨店を営んでいる。

二年ほど前のことだという。昼間、店の前に延びる道路で自損事故があった。

よそ見運転でもしていたものか、他県ナンバーの黒い乗用車が、路傍に立つ電信柱に鼻先をぶつけて停まっている。

運転手の安否と被害の詳細を確かめるため、夫婦で店を飛びだしていったのだけれど、車は急にエンジンを噴かし始めると、一目散に現場を走り去ってしまった。

「無事ならいいか……」

思ってまもなく、電信柱の近くに立っている地蔵を目にして驚いてしまう。

地蔵は首から上がなくなっていた。

消えた頭は無残にも、道路のまんなか辺りに転がっている。

事故の巻き添えを食らって、折れてしまったのだろう。無視しておくわけにもいかず、根垣さんは頭を拾いあげてバランスを取りつつ、折れた首の断面にのせてあげた。

とたんに地蔵の目蓋がぱっと開いて「ばちばち！」と二回、まばたきをしてみせた。

そのさまは傍らにいた奥さんもはっきり見ていて、顔を見合わせるなり、夫婦揃って「ぎゃっ！」と金切り声をあげてしまう。

後日、地蔵は業者に手厚く補修を受け、ほとんど元の状態に戻った。

けれども根垣さん夫妻は、この日の異様な一件以来、なんとなく地蔵の姿を見るのが苦手になってしまったそうである。

そんな顔

こちらも地蔵の顔にまつわる話である。体験者は会社員の紬《つむぎ》さん。

彼女が毎日車で通う通勤路の途中に、ピンク色の前掛けを首に巻いた地蔵が一体ある。

場所は郊外の県道に位置する、四辻になった交差点の片隅。

道幅は狭いが、朝夕はそれなりに交通量の多い地点である。

地蔵の前には年じゅう、花やお菓子が供えられている。くわしいことは不明だったが、
おそらく交通死亡事故の慰霊のために立てられた地蔵ではないかと思っていた。

ある日のこと。仕事を終えた夕暮れ時に、件の交差点へ差し掛かった。

ちょうど赤信号になってしまい、紬さんの車が停止線の前で停まる。

信号の色が青へと切り替わるのを待つさなか、視界の隅になんとなく違和感を覚えた。

原因を探って視線を巡らせ始めるなり、およそ有り得ない光景が視界に飛びこんでくる。

場所は交差点の片隅、信号機の根元近く。
ピンク色の前掛けを巻いた地蔵の首から上が、小さな女の子の顔になっていた。
おかっぱ頭で、両目が猫のように丸くて大きな娘である。
はっとなって目を瞠るや、彼女はこちらへ面を向け、にこりと笑みを浮かべてみせる。
思わず悲鳴をあげた次の瞬間、地蔵の首から上は、ただの石へと戻っていた。
あとから調べてみたところ、地蔵はやはり慰霊のために立てられたものだった。
その昔、幼稚園児の女の子が交差点を横断中、車に撥《は》ねられて亡くなっているという。

蛇地蔵

今年で五十代半ばになる馬淵《まぶち》さんが、小学二年生の頃。八〇年代前半の話である。

当時、彼が暮らしていた地元の丘の上には、周囲を雑木林に囲まれた墓地があった。

墓地の中には自然石で作られた古い時代の墓石がまばらに並んでいる他、奥に面した一角には頭が半分緑色に苔生《こけむ》した、大きな地蔵も立っている。

夏休みのある日、馬淵さんは近所の駄菓子屋へ買い物に出掛けた。

お目当ては最近店頭に並び始めた、特撮ヒーロードラマのくじ引き。

上位の景品は、主人公のヒーローや怪人たちのソフビ人形を始め、実物大の光線銃にマスクといった豪華なラインナップである。

馬淵さんは小遣いをもらうたびに何度もくじに挑戦していたのだけれど、当たるのは残念賞に近い貧相な景品ばかりで、なかなか本命を手にすることができなかった。

この日も小遣いを全額はたいてみたものの、結果は大負け。すでに何個も持っている残念賞の山を受け取り、すごすごと店を退散することになった。

だがその帰り道、ふとした弾みにとんでもない妙案が閃いてしまう。

件の墓地の地蔵には、足元に賽銭箱が備えられていた。墓地には普段、人の姿はない。急いで向かうとやはり墓地に人の気配はなく、賽銭箱には硬貨がたっぷり詰まっていた。素早く箱をひっくり返し、桟の隙間から出てきた硬貨をポケットに詰めこむ。

それを資金に再びくじを引いた。目当ての景品を何個か当てることができた。

しかし、まだまだ欲しい景品は残っている。賽銭箱にもまだまだ硬貨は残っていた。

翌日も馬淵さんは、くじ引き代をいただくために墓地へと参じた。

ところが地蔵の姿を目にしたとたん、身体が竦み、蒼ざめながら踵を返す羽目になる。地蔵の身体には無数の蛇が隙間なく絡みつき、磯巾着《いそぎんちゃく》のごとく蠢《うごめ》いていたからである。

日を置いて再び墓地へ行ってみると、また蛇がいた。

数は一匹だったが、賽銭箱に渦を巻いて絡みつき、馬淵さんを睨んでいた。

何度様子を見にいけど、地蔵の近くにかならず蛇が居座るようになってしまったため、賽銭泥棒は一度きりでやめざるを得なかったそうである。

都内二日目　十五年後の再会

二〇一九年六月下旬、土曜日の午後一時半過ぎ。

八王子駅に降り立って改札を抜けるなり、若い女性に笑顔で大きく手を振られた。

「郷内先生！」と声を弾ませながら近づいてきたのは、十五年前のあの頃は八歳だった日向子ちゃんこと、今や成人して二十代前半の女性に成長した日向子さんである。

「こんにちは。ご無沙汰してます。よくすぐに分かりましたね？」

新宿駅から電車に乗りこむ直前、日向子さんのスマホに出発時間を知らせるメールは送っていたのだが、乗り換えの都合もあったので、到着時間までは知らせていなかった。にもかかわらず、私が改札から出た瞬間、どんぴしゃりで見つけ当てるとは恐れ入る。

「お顔、覚えてましたので。小さい頃の不思議な思い出だから、印象深くて」

なるほどね。それは光栄。彼女の答えに納得しつつ、ふたりで駅舎を出る。

家までは車で向かうことになっていた。駅からほど近いパーキングに停められていた日向子さんの車に乗りこむ。所要時間はおよそ十五分とのことだった。

「ご本、書いていらっしゃるんですよね？　今回の予約が決まってから知ったんですよ。さっそく何冊か買わせていただきました！」

車が駅前の通りを走りだしてまもなく、無邪気な笑みを浮かべて日向子さんが言った。怖い系の話は昔から好きなのだけれど、テレビやネット動画で楽しむのがメインなので、私が書いている本のことはまったく知らなかったのだという。

別に構わない。新しい読者が増えて喜ばしい限りである。ありがたい話ではないか。

十五年前の一件を含め、自身が奇妙な体験をすることは未だに一度もないそうである。大学を卒業後、ペット関係の企業に就職。営業部に勤めているとのことだった。

あれやこれやと雑談を交わしながら助手席に身を預けていると、十五分は矢のような速さで過ぎ去り、気づけば目指すべき場へ到着するところだった。

都内の新たな似鳥家である。

家は閑静な住宅地の中にあった。車窓越しに見える外観は木造二階建て。左右に並ぶ民家との間隔が狭く、二軒の家の間にほとんど貼りつくような形で立っている。

家の前に設けられた狭い駐車場に車が滑りこんで停まり、日向子さんと一緒に車外へ降り立つと、玄関ドアが開いて中から美知子さんが出てきた。

「こんにちは！　今日ははるばる遠いところから、ありがとうございます！」

柔和で朗らかな笑みを添えつつ、美知子さんが深々と頭《こうべ》を垂れる。その笑顔と所作は、私の古い記憶の中に残るものと寸分違わぬものだった。妙な懐かしさがこみあげてくる。

「いえいえ。師匠の代理になりますが、精一杯努めますので、よろしくお願いします」

さっそく中へ入れてもらう。

「実はうちの家族、もうひとりいるんですよ」

玄関口から見て左側、家の南側に面した日当たりの良い居間に通され、座卓についた時だった。日向子さんが居間の隅を指差して言った。

指が示す先、居間の北東側に当たる角のところには、キャットタワーが置かれている。足場が縦に四枚連なるタイプのタワーで、上から二枚目の板の上で猫が寝ていた。

「ルークっていうんです。バターの次に飼っている二代目くん。ちなみに男の子です」

模様は茶白。顔半分から背中を通って尻尾の先までが茶虎。他の部分は全て白である。日向子さんの声に反応したのか、ルークは黄色い目を見開いて「みゃあ」と鳴いた。

「水谷先生からは、最寄りの神社さんに頼んでも大丈夫と言われたんですけどね……」

カップに注いだコーヒーを差しだしながら、美知子さんが言う。

「でもお恥ずかしながら、最寄りといってもどちらにお願いしたらいいか分からないし。でしたら、以前にお願いを差しあげた先生にご依頼するのがいちばんかと思いまして」

「ご迷惑じゃありませんでしたか？」と尋ねて、美知子さんは言葉を結んだ。

「とんでもない。運よくスケジュールも空いていましたし、お気遣いはご無用です」

それからコーヒーをいただきつつ、十五年前から今へと至る似鳥家の遍歴を伺った。

水谷さんと一緒に古びた墓石の魂抜きをおこなった宮城のあの家は、当時から四年後、二〇〇八年の春先に引き払ったそうである。その後は再び仕事の関係で上越市へ引越し、ここでも借家を借りておよそ三年間を過ごした。

その次は日向子さんの中学卒業を機に浜松市へと住まいを移し、やはり日向子さんの高校卒業を機にして、今度は奈良市へ居を移した。

但し奈良市へ移り住んだのは、三紀夫さんと美知子さんのふたりだけ。日向子さんは東京の大学に進学した都合で都内にアパートを借り、独り暮らしを始めるようになった。これが二〇一五年、春先からのことである。

三紀夫さんが亡くなったのは、二〇一七年の九月。奈良市に似鳥夫妻が引越してから、およそ二年半が経つ頃だった。亡くなる一年ほど前から骨癌《こつがん》を患い、病状の悪化が元で世を去ったとのことである。

三紀夫さんの逝去から約一年半の間、美知子さんは奈良市の自宅に独りで過ごしたが、その後は日向子さんの大学卒業後と就職を見計らって、出身地の東京へ戻ることにした。三紀夫さんの遺骨も実家がある都内の墓所に納まっているし、若い頃から続けてきた写真関係の仕事についても、これ以上は日本各地を回って住まいを変え続けることなく、都内を拠点に営んでいける目途が立ったというのが、大きな動機になったのだという。

かくして二〇一九年の四月初め。今より三月ほど前から美知子さんは、日向子さんとふたりでこちらの新たな住まいに暮らし始めるようになった。

持ち家ではなく借家だという。知人の情報を頼って見つけだした物件とのことだった。築年数は四十近くと少々古いが、その分家賃は相応に安いという。

「これまであちこち住んできた家もですけど、今のこの家でも特別何か、怪しいことが起きることはないんですけどね。それでも一応、確認してはいただけませんか?」

私がコーヒーのおかわりを飲み終えたところで、美知子さんが遠慮がちに尋ねてくる。

家祓いを執り行う前にこの家の各部屋を一通り見て回り、何か異常が見当たらないか、チェックしてほしいのだという。ご婦人方の私的空間を覗き見るのは本意でないにせよ、依頼主の住まいを訪ねる出張相談の際には、ざらに頼まれることでもあった。

承諾して、さっそく手抜きなしのチェックを始める。

八王子の住宅地内に位置する似鳥家は、玄関口の左手側に居間、真正面に二階へ続く階段が延びている。階段の脇には家の奥へ続く廊下も延びていて、これを進んでいくと居間の隣に面した仏間が廊下の横手にあり、仏間を過ぎると廊下は左に角が折れ曲がる。

廊下の突き当たりには台所。角を曲がった先には、手前からトイレと風呂場があって、これら三つは全て家の北側に位置している。

居間と仏間の広さは八畳、台所は十帖、トイレは一帖。風呂場は洗面所の役割も担う脱衣場もセットになっているので、両方合わせて六帖といったところだろうか。

階段を上っていった真正面には、五帖ほどの床スペースを挟んで大きめの納戸がある。納戸の広さはおよそ四帖。標準のそれよりも若干ゆったりとした作りになっている。

二階の階段口から見て左手側には、八帖の洋室がふたつ並んでいる。ひとつは納戸のそばにドアがあって、こちらは日向子さんの私室。その隣が美知子さんの私室である。

家そのものは長方形に近い形をしていて、居室は台所を含めると全部で五部屋あった。トイレと風呂場、納戸も含め、私は一階の各部屋から順に、全ての部屋を見て回った。

先ほど家に入れてもらった時点で、すでにこれといって感じるものはなかったのだが、本格的にチェックを始めても別段、怪しい気配などを覚えることはなかった。

唯一気になったのは、日向子さんの私室を拝見させてもらっていた時のことである。北側に面した窓の外から、幽かに視線のようなものを感じた。

日向子さんに断って窓を開けると、戸外の眼下に小さな人影が佇んでいるのが見える。家の北側には細い道路が延びていて、人影は道を隔てた路傍にちょこんと立っていた。

お地蔵さまである。

背後に立つブロック塀と比較すると、身の丈は五十センチといったところだろうか。姿を認めた瞬間、視線のようなものは感じなくなったが、代わりに地蔵そのものから息づくような生々しさを微量ながらに感じ取った。

「あのお地蔵さんは、なんですか?」

「慰霊に立てられたお地蔵さまらしいです」

答えてくれたのは、美知子さんのほうだった。やはりそうかと思い得る。

くわしい事情までは分からないが、ずいぶん昔に交通事故で亡くなった小学生だかを慰霊するために、おそらくは遺族が立てた物だろうという。近隣住民から聞いたらしい。着物姿に着替える前で良かったと思う。間近で検めてみることにした。

「ちょっといって見てきます」

「何か問題が出てきたんでしょうか？」

微妙に顔色を曇らせる美知子さんに「念のためです」と答え、家を出る。

似鳥家の隣に立ち並ぶ住宅の前を数軒横切り、まもなく見えてきた道の角を曲がって、家の裏側に面した道路のほうへと回った。

地蔵の前にしゃがみこんで意識を集中させると、生々しさが一層強く感じられてくる。さほど悪いものではなさそうな印象だったが、かといって決して好ましいものでもない。こういうことになる場合があるから、慰霊目的に地蔵など立てるべきではないのだ。

人が亡くなった現場に、その魂が居座るわけではない。むしろ現場に残りやすいのは、今わの際に本人が発した恐怖や苦痛、未練といった、陰の気がこもる感情の残滓《ざんし》である。時にそうしたものが故人の姿の形をなして顕現《けんげん》されるのが、概ねこうした現場に現れる幽霊の正体であり、故人自体が無念の情を抱いて現場に迷い出てくるわけではない。

そもそもにおいて交通事故や殺人事件などで逝ってしまった故人が、その死亡現場で遺族や友人たちに手を合わせてもらいたいなどと思うだろうか？　それも半永久的に。

ましてや地蔵やら供養塔やらの宗教的モニュメントを現場に立てられたうえでである。「お前はここで死んだんだ」という証のような物を設けられ、祥月命日《しょうつきめいにち》や年忌の節目がやってくるたびに己が死んだ場所で手を合わせられるなど、私なら真っ平御免だと思う。

故人を弔《とむら》いたいなら、墓石か位牌の前で祈ればいい。あとはせいぜい、故人にとって楽しい所縁《ゆかり》のある場所で思い出を偲《しの》ぶぐらいがちょうどいいのである。

自然災害や大きな事故で逝った人たちのために立てられる合同慰霊碑などは別として、基本的に故人の「最期の舞台」となった現場に余計な物を祀りあげる必要などないのだ。さもないと、こういう要らざる事態を引き起こすことになりかねない。

目の前に見おろす地蔵の内から感じられるのは、静かに燻《くすぶ》る怨みのような情念だった。苦しくて仕方がない。そんな不満に裏打ちされた、いささか攻撃的な情が漂う念である。

無論、その昔事故で亡くなったとされる人物の霊が地蔵の中に宿っているのではない。当該人物が亡くなる際に残していった強い感情が、地蔵をよすがに染みついてしまった。基本はこんなところで間違いなかろう。

他には「交通死亡事故現場に立てられた地蔵」という事実を知っている生身の人々が、不穏や不遜な目で見た時の思いが、地蔵に宿る念に悪い意味での補強と強化を付与して、今の状態へと至らせている。

こうした推察も、それなりの真実味が伴う可能性として、評価に加えてもよいだろう。要は悪い目で見れば、悪くなってしまうということである。

いわゆる心霊スポットのたぐいに現れるお化けの正体や、現地に漂う物々しい気配に空気といったものは、これらの相互作用がもたらす結果が大半と言い切ってもいい。

すなわち、非業の死を遂げた当事者がこの世に残していった強い念と、それを恐れて現地に視えざるお化けの姿を思い描く生身の人間たちの意志。これらが組み合わさって好ましからざる形をなして完成を見るのが、心霊スポットのたぐいである。

然様な理論に当て嵌《は》めて考えると、地蔵も小さな心霊スポットの相を呈している感が否めなかった。それほど大きな力があるとは思えないし、人にもたらすことができうる被害も微々たるものだと思う。せいぜい、通りがかった人の背筋を震わせる程度の。

だが、だからといってこのまま放っておいて良いものでもない。実態を確認した以上、職務として適切な措置を講じる必要がある。

地蔵の前へとしゃがみこみ、手早く魔祓いの儀式を執り行った。小ぶりな石の身体に宿っていた薄黒い念のわだかまりは、ものの見事に消え失せた。

これで当面の間は、路傍に佇む無害なオブジェクトの役割を務めることになるだろう。余計な恐れを抱いて地蔵を目にする通行人が、過度なペースで現れない限り。

再び似鳥家へ戻ると、美知子さんと日向子さんから「大丈夫ですか?」と声を揃えて尋ねられた。「問題ありませんでした」と答え、仕事の続きを再開する。

事前に依頼されていたのは家祓いのみだったが、私としてはその前にもうひとつだけ、どうしてもさせてもらいたいことがあった。三紀夫さんへの供養である。

申し出るとふたりとも快諾してくれたので、さっそく始めさせてもらう。

指定した供物の準備をしてもらい、その間、私は仏間で仕事用の黒い着物に着替えた。三紀夫さんは生前、肉料理が大好物だったのだという。肉類ならなんでも大好きだった。

「でも、仏前にお肉を供えるのは、いけないことなんですよね?」と言う美知子さんに「構いませんよ」と私は答えた。供え方があるのである。

ほどなく着替えが終わり、美知子さんと日向子さんも供物を用意して戻ってきたので、仏壇を前に供養の経を誦《ず》し始める。

冷蔵庫にレトルトのハンバーグやチキンがあるというので、レンジで温めてもらって供物のひとつとした。これらは仏壇にではなく、仏壇の傍らに設えた小机の上に供えた。全国的にはどうだか知らないが、宮城の田舎のほうでは、仏教上で禁忌とされている肉、卵、酒類などを故人に供えたい場合には、仏壇ではなく、仏壇のそばにあてがった別卓に供えれば良いとされている。

こうすれば「仏教上の決まりとは別の名目で供える物」という意味合いになるらしい。同じやり方は、食事の席でも応用できる。食卓の端に故人が好きだった肉類などを供え、「一緒に食べましょう」と声をかけるだけで良い。

拝み始める前に教えると、ふたりはいたく喜んでくれたようだった。今まで大好物を供えることができなくて歯痒い思いをしていたとのことである。

供養の場にはルークも列席してくれた。茶白の彼は、美知子さんと日向子さんの間にちょこんと座り、私がお経を唱え終わるまで鳴き声ひとつ立てずに聞き入ってくれた。

三紀夫さんとお会いしたのは一度きりのことだったが、拝んでいるうちに十五年前の情景が脳裏に色濃く立ち上り、そこはかとない寂しさに包まれた。温和な笑みを湛《たた》える三紀夫さんの顔を思い浮かべつつ、彼の清福を願って供養を終える。

続く家祓いの儀式も同じ仏間で執り行い、こちらも滞りなく役を果たすことができた。三紀夫さんの供養も合わせ、およそ四十分でこの日の全ての用件が終わる。

その後は小一時間ほど、居間でコーヒーをいただきながら、似鳥母娘と雑談に興じた。日向子さんに水を向けられ怪談絡みの話題が多くなったが、水谷さんの容態についても遠慮がちに少しだけ尋ねられた。

正直なところ、私の目から判断する限り、あまり芳《かんば》しいものではなかったのだけれど、「大丈夫ですよ」と答えるに留め、私自身の病気に関しては沈黙を貫き通した。


「おかげさまで気持ちがすっきりしました。今日は本当にありがとうございました」

「そう言っていただけるのでしたら本望です。都内には毎月来るようにしていますので、何かの時にはまたお声がけをしていただければ幸いです」

帰りしな、玄関先で美知子さんからお礼の言葉をもらい、それから再び日向子さんの運転する車で八王子駅まで送ってもらった。時刻は五時になろうとしていた。

「ご予定、いっぱい入ってらっしゃるんですか?」

駅へと向かう車中で、日向子さんに問いかけられる。

「いっぱい」と言えるぐらいには入っていた。昨日、都内に着いてからも新たな予約が二件入り、三日間の相談枠はほぼ満遍なく埋まってしまった。

今日もこれから新宿に戻り次第、新たに予約をいただいた依頼主といつもの喫茶店で面会することになっている。明日のほうも当初は、午後一時の枠と三時半の枠に予約が入っていただけだったのだが、午前中にもう一件、相談を引き受けることになっている。

ゆっくり時間をとって休めるのは、明日の最後の仕事が終わる五時半以降となる予定。とはいえ相談枠はもうひとつ、六時開始の一枠がまだ空いているので、そちらのほうも予約が入れば対応するつもりだった。忙しくて何よりである。

「お忙しいでしょうけど、お身体に気をつけてがんばってください！」

わざわざ車を降りて、改札口まで見送ってくれた日向子さんの声がけに励まされつつ、八王子をあとにする。無事に代役を果たせたようで、まずは一安心である。

刑罰

八〇年代の終わり頃、羽柴《はしば》さんが某テレビ局のＡＤを務めていた時代の話だという。

初夏の頃、真夏の心霊特番で使う映像を撮るため、深夜に鈴ヶ森《すずがもり》刑場跡地に出掛けた。

撮影メンバーは羽柴さん他、若手のＡＤが数名とカメラマン、音声、照明のスタッフ、ディレクター、そして某お笑い芸人という顔ぶれである。

現地に着くと、お笑い芸人が台本どおりに場内の各所を巡りながら、怯えた小芝居を繰り広げていったのだが、絵面としては物足りない印象が否めなかった。

その昔、死罪に処された連中の霊でも出てきてくれれば幸いなのだが、まさか現実にそんなことが起こるわけでもなく、かといってヤラセを演出できるような小道具なども持ち合わせていなかった。できあがった映像は退屈なものになるだろうと思ってしまう。

同じことを感じていたのは、現場を仕切るディレクターもだった。

「現場の雰囲気はまあまあなんだけどさあ。何も起こんないってのはまずいよなあ」

撮影中は頻りに愚痴をこぼし、そのうち苛々した様子で場内に祀られている慰霊碑や、処刑に使用されたと伝わる台石などを蹴ったり、小突いたりし始める。

「やめてください」と周りが言っても、「何かが起きればいいんだよ！」などと返して、その後も撮影が終わるまで、場内で様々な不敬を働いた。


何かが起きたのは、それから数日経った頃である。それもディレクターの身に起きた。彼は夜中に病院へ運ばれ、しばらく入院することになった。それもＩＣＵにである。自宅の台所で中華鍋にたっぷり注いで熱した油を、自分で頭から被ったのだという。それなりに容態が回復してからも、本人がすっかり正気を失ってしまったらしいので動機は分からなかったが、関係者の間では誰ともなしに「祟りかな」という話になった。実際、入院中に彼の見舞いにいった関係者の証言を聞くと、羽柴さんは理屈も抜きに納得してしまうものがあったという。

熱油を被って頭皮の大半がズル剥けのケロイド状となったディレクターの頭の様子は、側面だけに髪の毛が残り、獄門に処された侍のような具合になっていたそうである。

オフィスDEコックリ

七年ほど前、服部《はっとり》さんが以前の会社に勤めていた時にこんなことがあったそうである。

その日、服部さんはオフィスで残業を命じられていた。直近で発生したネット関係のトラブルに対応するため、部署に誰かが残っていなければならなかったのである。

とはいえ動くべきなのは、顧客から問い合わせが来た場合に限られる。部署へ居残り、三時間以上が過ぎても、そうした連絡が入ることは一件もなかった。

この晩、部署に残っていたのは服部さんを含めて合計三人。服部さんより数年先輩の男性社員と、同期の女性社員がひとりずつという顔ぶれだった。

そのうち暇を持て余した先輩社員が、「こっくりさんやらない？」と持ちかけてくる。スマホでオカルト系サイトの交霊術にまつわる話を読んでいたら面白そうに思えたので、時間潰しをかねてぜひやってみたいのだという。

折しも真夏の暑い時季のことだった。季節的なノリもあったし、退屈もしていたのでふたつ返事で了解する。女性社員は嫌がっていたが、それでも渋々ながら乗ってくれた。ネットの画像を参考に五十音などを記した盤面を作り、応接セットのテーブルを使ってさっそくこっくりさんに興じ始める。

三人の指先を添えて盤上にのせた十円玉は、驚くことにそこそこ動いた。のろのろとぎこちない軌跡を描き、時にはフリーズすることもあったが、それでも服部さんたちが向ける質問には律儀に反応を示してくれた。

なんとなく夢中になりかけたところで、部署内の固定電話が鳴る。

女性社員が「出ます」と告げて十円玉から手を放し、立ちあがる。

電話に向かって歩いていく彼女の後ろ姿を目で追っていると、身体がふいに弧を描き、上下を逆さにしながら宙に浮いた。浮いたというよりは、視えざる何者かに脚を掴まれ、逆さの姿勢で宙に持ちあげられたかのような動きに思えた。

身体を逆さに宙を舞った女性社員は、そのまま頭のほうからべしゃりと床に落下した。

不幸中の幸いで命に別状はなかったが、頭蓋と右肩にひびが入る重傷を負ってしまう。

斯様な光景を目にして以来、服部さんは厳にこっくりさんを謹《つつし》んでいるという。

浮かんで留まる

八月のお盆の近い時季だった。夜更け過ぎ、須美代《すみよ》さんの夫が強烈な腹痛に見舞われ、都内の病院へ救急搬送された時のことである。

夫は救急外来センターにストレッチャーで運びこまれ、須美代さんもそれに帯同する。ずらりと並んだ寝台のひとつに夫が寝かされ、看護師による問診などが一通り終わると枕元に備えられた椅子に腰掛け、医者が来るのを待ち始めた。

するとそこへ、廊下のほうからけたたましい喚き声が聞こえてくる。

声はみるみるうちに近くなり、続いて近くの扉が勢い任せに開け放たれた。

中に入ってきたのは二名の看護師が動かすストレッチャー。上に寝かされているのは、五十絡みとおぼしき女である。大きな声で喚いているのは彼女だった。

身体の動きも凄まじい。胴から捩《ね》じ切るような動きで頻りに四肢をばたつかせている。

それを看護師たちが懸命に押さえつけ、やっとの思いで近くの寝台に身体を移させた。女は一時たりとも静まることなく喚き散らしていたが、その大半が異国の言葉のような怪しい響きを持つものだったので、何を言っているのかはよく分からない。かろうじて聞き取ることができたのは、「のろいごろす」という甚《はなは》だ物騒なフレーズだけだった。

「もうぜなあんだん、のろいごろす！　ぎっどみゃあがら、のろいごろす！」

女性とは信じられないような濁声《だみごえ》で盛んに喚く女を看護師たちは必死に宥《なだ》めるのだが、大声も身体の動きも止まらない。そのうち身体は仰向けの状態で四肢を振り乱しながら、寝台の上をぼんぼん跳ね始めた。油で焼かれる海老のような動きである。

「ぜあんぜあんぜなん！　もうごっだそうんぞ！　のろいごろす！　のろいごろす！」

須美代さんが「すごい……」と固唾を呑みつつ様子を見ていると、跳ねる女の身体はみるみる高度を増して、やがて五十センチ近くも宙へ浮きあがるようになってくる。

そして最後に凄まじく異様な動きを見せた。跳ねあがった身体が二秒ほど宙で停まり、それから寝台の上にぼとりと落ちていったのである。確かに身体は宙で留まった。

「嘘……」と思うが早いか、そこで看護師が仕切りのカーテンを閉ざしてしまったので、その後は見えなくなった。女はまもなく、別のどこかへ移されていったそうである。

都内三日目　救い主

カプセルホテルの狭いユニットで目覚めてすぐに思ったのは、今日が都内出張相談の最終日ということだった。

もはや普遍的と言ってもいいぐらいなのだが、都内で過ごす三日間は、時が経つのが異様に早い。唯一遅いと感じるのは、往復の夜行バスで過ごす時間ぐらいのものである。他の一切は、宮城の自宅で過ごしている時の二倍か三倍速ぐらいのペースで時の流れが進んでいるように感じられる。なんとも不思議な感覚である。嫌いなことではなかった。来月もまた来るというのに、最終日を迎えるといつも名残惜しい気分にさせられる。

この日の仕事は全部で三件。

上京中に新規で予約が入った午前中の仕事に加え、午後の一時と三時半から一件ずつ予約が入っていた。夜の時間に予約が入らなければ、五時半頃に全ての仕事が終わる。

この日の仕事は全て、いつもの喫茶店でおこなうことになっていた。

午前十時からの一件目、新規で予約をしてくれたのは、都内に暮らす寿江《すえ》さんという五十代前半の女性である。

彼女が持ちこんだ相談事は、年の運気に関する鑑定や健康問題についての悩みなどで、取り立てて込み入ったやりとりを必要とする内容ではなかった。問われる疑問に対して逐一回答していくと、予定時間の半分ほどで用が全て済んでしまう。

こうした場合、残った時間は依頼主の判断で自由に引きあげてもらってもよかったし、予約時間ぎりぎりまで好みの話題に興じてもらってもいいことにしている。

寿江さんは後者のほうを選んだ。よければ聞いてほしい話があるのだという。

「ずいぶん昔の話になるんですけどね。今でも昨日のことのように覚えているんです」

温雅な微笑を浮かべ、懐かしむような口ぶりで彼女が切りだしたのは、怪談に類する特異な昔話だった。それも自身の身に起きた、凄まじく恐ろしい体験談である。

仕事を通じて依頼主から様々な怪異にまつわる逸話を聞かせていただく機会は多いが、そうした中でも寿江さんが語ってくれた昔語りは、とりわけ印象深いものになった。

さながら和製『エクソシスト』のような有り様だったのではないかという。

七〇年代の終わり頃、寿江さんが小学五年生だった時の話である。

二学期の半ば頃から寿江さんは体調を崩し、自宅の私室で臥せるようになってしまう。

初めは頭が朦朧《もうろう》として、身体がなんとなく重ったるく感じられるのが三日ほど続いた。

風邪を引いたと思ったのだけれど、熱はあがってこなかったし、咳やくしゃみといった風邪の諸症状も現れることはなかった。

代わりに日を重ねるにつれ、意識のぼやけ具合と身体の重ったるさがひどさを増して、やがて一週間も経つ頃には、まともにベッドから起きることもできなくなってしまう。

病院に行っても原因は不明との診断が下った。点滴を打たれ、薬も処方されたのだが、どちらも効き目は見られなかった。

逆に症状が増えてしまう。ふとした拍子に意識を失い、ベッドの上でのたうちながらわけの分からない繰り言を吐いたり、異変に気づいて駆けつけた家人らに凄まじい力で掴みかかったりする。

意識は数分程度で元に戻るが、その間の記憶は一切ない。癲癇《てんかん》の発作が疑われたが、検査の結果、脳に異常は見られなかった。不穏な症状ばかりが数日おきに延々と続く。

この頃から寿江さんは、たびたび悪い夢にもうなされるようになっていく。

般若《はんにゃ》の面を被った、白い着物姿の女が出てくる夢である。

着物の袖から覗く指の先には、鷲のように鋭い爪が生えている。二本の角を生やして黄色い目を剥く顔は作り物のお面だったが、爪のほうは本物だった。

爪は指の先から肉を引き裂くような形で飛びだしている。指の表には普通の人の爪も張りついているので、爪は全ての指に二枚ずつあるということになる。

女は夢の中で鋭い爪を振り乱しつつ、寿江さんを執拗に追い回す。助けを求めながら必死になって逃げるのだが、助けが来ることはないし、逃げ果《おお》せることもできなかった。毎回、かならず女に捕まってしまう。

女は寿江さんを羽交い締めにすると首筋に顔を寄せ、身の毛がよだつような声で嗤《わら》う。雀《すずめ》の囀《さえず》りに似た「ちゅんちゅん！」という高い声音に、歯科用ドリルが回転するような鋭い音が混じり合う痼走った声なのだが、字に表わすのは難しい。敢えて再現するなら、「ちぎゅぎゅぎゅぎゅぎゅぎゅ！」や「ちゅんぎゅちゅんぎゅちゅんぎゅ！」といった、およそ生き物離れしたものになる。

夢を見る頻度は日に日に増して、癲癇めいた症状が起きる機会も増えていった。

発端からひと月も経つ頃には気力も体力もすっかり衰えてしまい、家人の問いかけにまともな返事をすることさえ難しくなった。

原因が云々などという問題以前に、普通の頭で考えれば入院させるべき容態なのだが、家人はそうした判断をすることに二の足を踏んでいた。

理由は主に世間体である。

詳細は明かせないが、寿江さんの父君は著名な映画俳優だった。折りしもこの時期は、翌年公開される映画の撮影に臨んでいるということもあって、好ましくないゴシップが世間に出回ることを忌避したゆえの躊躇《ためら》いだった。

苦肉の策として父は訪問診療の契約を取り交わし、医者にケアを任せるようになった。家には使用人も数人いたし、不測の事態に対する構えは一応整ってはいたのだけれど、肝心要の容態については、わずかも改善の兆しが見られることはなかった。

むしろ悪化の一途をたどっていく。

しばしば夢に出てくる般若面の女は、姿を見るたびに仔細がはっきりしてくるようで、鋭く尖った爪が身体にがっしりと食いこんでくる感触や、耳元でけたたましく聞こえる気味の悪い嗤い声も生々しい実感を増していく。

無意識下における不審な言動や乱暴狼藉を起こす頻度も増えて、寿江さんはベッドに手錠で片手を繋がれるようになった。やはり記憶はまったくないものの、家人の話では、口から出てくる言葉はいずれも、子供が吐きだすそれとは思えないものばかりだという。

多くを教えてもらったわけではないが、「死ね」や「殺す」「皆殺し」などといった、物騒な語句を要所に絡めて、家人や使用人を威嚇《いかく》しているようだった。

野獣のような身ごなしで、片手を縛りつける手錠を引きちぎらんほどに暴れる際にも、盛んにこうした言葉を吐きだしているらしい。

斯様な所業も数を増やしていくさなか、寿江さんは朦朧とした意識の中で般若の件を家人に一通り訴えた。両親も「只事ではない」との意見で、何度か袈裟《けさ》を纏った坊主や、神主支度の男を部屋に招いて拝んでもらったこともあるが、結果は惨憺《さんたん》たるものだった。

荒ぶる寿江さんの姿に恐れをなして逃げだす者もいたし、寿江さんの顔を一目するなり、己の力ではどうすることもできないと言って匙を投げる者もいた。

おそらくこのまま続けば、死ぬかもしれない――。

異変が生じて二月《ふたつき》近く。子供心にもそんなことさえ思うようになった頃のことである。

寿江さんは奇妙な夢を見た。

夢にはいつもの般若の代わりに、和装の女性が現れた。見たこともない人だった。着物の色は濃紺。色の白い細面に切れ長の目をした綺麗な人で、長い黒髪がうなじで一本に束ねられている。年の頃は判然としなかったが、おしなべて若い印象ではあった。女性は暗闇に包まれた自宅の門口に立って、鋭い視線を玄関口のほうへと向けている。否。厳密には夢の中で寿江さんは玄関ドアの前に立っていたので、女性は寿江さんの顔を見つめているという恰好になる。

淡白い面貌には微笑の欠片も浮かんでいなかったが、不思議と怖い感じはしなかった。むしろ静かに見つめられていると、そこはかとない安堵の念が仄かに胸を満たしていく。それでも少し驚くことはあった。女性には右腕がなかったのである。

一瞬、見間違えではないかと思ったのだが、視線を凝らして見ると、間違いなかった。濃紺に染まる彼女の着物の右袖はくたりと薄い形を描き、細い胴の脇に貼りついている。袖口からは、指の先すら覗いているのも見えなかった。

萎んだ袖の輪郭から推し量って、右腕はおそらく肘より少し上辺りか、肩の下辺りで欠損しているのではないかと思う。何があったのだろうかとも感じた。

女性の顔と右袖を交互に見ながら佇んでいるうち、意識はしだいに霞みがかっていく。

できれば彼女に何か声をかけたい。もしくは彼女のほうから声をかけてきてほしい。

そんなことを思いながら言葉を選んでいるうちに、眠りの淵から引き戻されてしまう。

寝覚めてからも相変わらず、ぼやけて混濁した意識が続くなか、寿江さんは後ろ髪を引かれる思いで夢の記憶をたどり、素性も知らない女性の姿を何度も脳裏に蘇らせた。


その日の夜のことである。父と母が部屋に来た。

これからお祓いをしてもらうのだという。

果たして何度目になるかは覚えていなかったが、何も変わらないと寿江さんは思った。

とはいえ意識はぼやけて思考が定まらなかったし、両親の要望に黙って従うことにする。

まもなく母が「どうぞ」と言って、誰かを部屋に招き入れた。

ベッドに向かって歩み寄る人影に視線を向けたとたん、寿江さんは思わずはっとなる。

部屋に入ってきたのは昨夜夢に見た、あの隻腕の女性だった。

右腕がないばかりではない。色の淡白い面に並ぶ切れ長の目も、長い黒髪をうなじで一本に束ねた髪型も、濃紺に染まる着物のこしらえも、昨夜夢に見た女性の姿と何から何まで皆同じだった。それらに加えてひとつだけ、夢ではなかった物が増えている。

「初めまして。どうか楽になさっていてください」

女性は帯留めの右側に刀を差していた。

鈍い光沢を帯びた黒塗りの鞘に納まる、日本刀である。

脇腹と平たく萎んだ右袖の間に挟まれながら、斜めに伸びる柄《つか》のほうへ視線を流すと、菱形の隙間が連なる柄巻の中から、何かがこちらを睨みつけているのが目に入った。

蛇である。蛇の形を模した銀色の目貫《めぬき》が、柄巻の中から丸い目玉を覗かせていた。

「茶番に付き合う気はない。勿体《もったい》ぶらずに出てきなさい」

左手で鞘から刃を静かに抜きつつ、女性が言う。笛のように綺麗で澄んだ声だった。

その双眸《そうぼう》はベッドに横たわる寿江さんの顔に注がれていたが、言葉は自分に向かって発せられたものではないと、すぐに分かった。

「鬱陶しいと思うなら、殺してみるがいい。お互い早く片がつきます」

白銀色に冴え冴えと輝く細身の刃が、鞘から斜めの弧を描いてゆっくりと露わになる。

それに合わせて女性の瞳も、黒い月を思わせる潤みを帯びた深い色味を湛えていく。

「くぁぁんあ」

寸秒間を置き、寿江さんの胸元から妙な音が漏れだした。

錆びた蝶番《ちょうつがい》が軋むような無機質な声だった。音色は違うが、覚えのある声でもあった。声につられて目を向けると、腹から何かがずるずると迫りあがってくるところだった。

白い人影。般若の面を被った女である。

般若は膝の辺りまで身体をまっすぐ引きずりだしたところで、ぴたりと動きを止めた。ベッドの縁で刀を構える女性と視線がおよそ平行になる位置である。寿江さんの腹から般若が生えているという形でもあったが、痛みや違和のたぐいは感じなかった。

般若の黄色く大きな両目は、身体の表をまっすぐ向け合う女性のほうへ注がれている。真っ白い面の内側から「ふーすー」と、くぐもった吐息が聞こえ始めた。続いて両手がすっと持ちあがり、荒鷲のように鋭い爪が生えた手首を女性に向かってばっと突きだす。

同時に女性も手にした刀を般若に向かって袈裟に振るう。右下から左上へと向かって斬りあげる逆袈裟。その剣筋は、目にも止まらぬ速さだった。

「ぎゅん」と空を切り裂く重たい音が響くが早いか、振られた刃は白い着物に包まれた般若の身体を下から斜めに切り裂き、胴の上下が剣筋の線に沿って真っ二つに分かれた。

それを目にした寿江さんが「あっ！」と声をあげた時には、腹の上から般若の身体は霧が吹き飛ぶような具合に影も形もなく消え去った。こちらも一瞬の出来事だった。

和服姿の女性のほうは、般若が消えた空《くう》を見澄ますように眺めると、静かな手付きで刀を鞘に納め直した。金属製の鍔と鯉口が触れ合う鋭い音が「ちん」と部屋に鳴り響く。事の終わりを告げる、拍子木の音色を思わせるような響きだった。

「これでもう安心です。少し養生していれば、具合も良くなっていくでしょう」

ベッドで寝入ったままの寿江さんを見おろしながら、女性がこくりと小さくうなずく。

「怖かったでしょう？　けれども長い間、よく頑張りましたね。ご立派です」

一拍置いて言いながら、彼女は初めて笑みを浮かべてみせた。切れ長の双眸から覗く黒い月のような瞳と相俟って、静かで気品の漂う微笑だった。

確かに彼女が言うとおり、身体は先ほどまでと比べて嘘のように軽くなっていた。意識も冴えて、今まで半分脳が死んだように朦朧としていた感じが薄まっている。どちらも未だにおぼつかない感じは残っていたけれど、女性が刀を振るう前までとは、明らかに容態が上向いているのが分かった。

続いて女性は、平たくなっている右の袖の袂《たもと》から、何やら小さな物を取りだした。

「こちらをどうぞ」と言って渡されたのは、紫色の金襴《きんらん》生地で縫われた御守り袋である。菊の花の刺繍が満面にあしらわれた、綺麗な作りの袋だった。

今後はこんなことが起こらないよう、悪いものから身を防いでくれる御守りだという。お礼を言って頭をさげると、女性は「お大事に」と結んでくるりと身を翻した。

この人は一体、どういう人なのだろう。

名前や素性についてや、昨夜の夢に出てきたことについて、般若の女の正体について。気になることはたくさんあったのだけれど、何から尋ねたらいいかと考えているうちに、女性は両親と一緒に部屋から出ていってしまった。

まもなく戻ってきた母に、先刻自分が見てしまったものをありのままに伝えたのだが、母のほうは何も見えなかったとのことだった。おそらく父も同じだろうと言う。

けれども寿江さんが目にした般若の面のお化けのことを、否定されることもなかった。そうした悪いものから寿江さんを救ってもらうために、彼女に来てもらったのだという。

「これできっと良くなるはずよ」と涙ながらに抱きしめられる。

刀を腰に携えてやってきた和服姿の綺麗な女性は、お化け退治のプロとのことだった。できればもっとくわしく話を聞きたかったのだけれど、ほどなく強い眠気が差してきて、寿江さんは深い眠りの中へと落ちていった。

果たして女性が告げていったとおり、翌日から体調はぐんぐん上向いていった。

般若の女の夢を見ることもなくなり、ほどなく寿江さんは元の学校生活にも復帰する。

「お化け退治のプロ」だという女性について、両親にくわしい素性を尋ねてみたものの、どちらも言葉を濁して多くを答えてくれることはなかった。

わずかに知り得たのは、父が特別な伝《つて》を頼って仕事を引き受けてもらえたということ。

それから般若の女の正体は、悪い意図を持つ誰かが作った、呪いの一種のような存在で、おそらく父の仕事関係から来たものだろうという二点のみ。

一方、女性の素性についてはからっきしだった。

とても偉い先生なのだが、その存在自体を含め、世間に対して秘密にしていることも多い人なので、あまりみだりに素性やその他を口にすることはできないとのことだった。

学校でも話題にだしてはいけないと釘を刺される。

然様な答えに対しても疑問は尽きなかったのだが、寿江さんは約束を守ることにした。

女性から授かった御守りは、両親から「肌身離さず持っているように」と言われたので、こちらは学校に行く時もランドセルの中に忍ばせ、欠かさず持ち歩くようにした。

以来、四十年余りの月日が経つ。

その後は些末な怪異のひとつにさえも悩まされることはないという。

女性の素性については結局分からずじまいなのだけれど、彼女に授けられた御守りは、すっかり古びて色褪せた今でも肌身離さず、大事に持ち歩いているそうである。

「どうでしょう？　ご覧になって、何か感じてこられるものはありますでしょうか？」

喫茶店内の四角く小さなテーブルの上。寿江さんの手元にそっと置かれた御守り袋。

紫色の金襴《きんらん》生地に、菊の花の刺繍が満面にあしらわれた御守り袋は、確かにすっかり古びて色褪せていたのだが、虚心のままに視線を留め置くと、菊の花が数多に咲き誇る柔らかな陽だまりの中に身を置いているかのような、心地よい安らぎを胸の中に感じた。

四十年余りの歳月が過ぎた今もなお、力を失わずに生き続けている御守りなのだと思う。

ありのままに所感を伝えると、寿江さんはいたく喜んでくれた。

都内出張相談の最終日、初めに臨んだ一件目の予約は、色よい形で結びを迎える。

来たる者

神奈川県の某市で役所勤めをしている二橋《ふたはし》さんの話である。

五年ほど前のことだという。ある日の休日、二橋さんが自宅の庭で車を洗っていると、門口から若い女性が入ってきた。

歳は二十代半ば頃。松の葉の色によく似た、濃い緑色のワンピースを身に纏っている。

綺麗な顔立ちの女性だったが、近所で見かけたことのない顔だった。

「こちらは大輔《だいすけ》さんのお宅でしょうか?」

女性は二橋さんと目が合うや微笑を浮かべ、小首を傾げて尋ねてきた。

大輔というのは、二橋さんの父の名である。

ちょうど在宅中だったので「そうです」と答えてその旨を告げると、女性は礼を述べ、玄関口から家の中へ入っていった。

だが、ほどなく洗車が終わって家の中へ戻ると、女性の姿が見当たらない。居間には両親がいるだけで、女性のことを尋ねても「そんな人は知らない」とのことだった。

大輔さんが亡くなったのは、それから数日経った朝方のことである。

就寝中に脳梗塞《のうこうそく》を起こし、そのまま帰らぬ人となってしまった。

得体の知れない女を唯一見かけた二橋さんとしては、もしかして女と父の死の間には、何か只事ならない因果関係があったのではないかと思ってしまったのだという。

お伺い

内海《うつみ》さんが仕事で名古屋のビジネスホテルに泊まった夜のこと。

深夜、ベッドで寝入っているところに枕元の電話が鳴った。

「あなたに決まりましたので、今からそちらへお伺いいたします」

出ると電話の主は女性である。初めはフロントの従業員かと思って聞いていたのだが、それにしては言っていることがおかしい。「決まりました」とはなんだろう？

訝《いぶか》しんでいるさなか、ベッドの足元側に据えられているデスクにぴたりと目が留まる。デスクの上には、備え付けの固定電話が置かれていた。

それでようやく思いだす。部屋の電話は枕元ではなく、デスクの上にあることを。

「ちっ」

鋭い舌打ちが聞こえると、耳に当てていた受話器は消えてなくなってしまったという。

あとはよろしく

休日の昼下がり、坂部《さかべ》さんが自宅でくつろいでいると、宅配便の業者が訪ねてきた。届けられたのは八十サイズの段ボール箱で、送り主は四年ほど前に別れた元妻である。箱を抱えて居間へ戻ると、中からふいに「にゃーん!」と猫の鳴き声が聞こえてきた。

「おいおい、マジか!」と焦《あせ》りつつ、蓋を開けたとたんに大きな悲鳴がほとばしる。

箱の中に入っていたのは、猫の死骸だった。離婚する前に夫婦で飼っていた猫である。猫は尻から噴きだした腸を腹のところでぐるぐる巻きにしながら横たわっている。

箱の中には死骸と一緒に手紙が入った封筒も添えられていた。

手紙には「車にやられて死んだので、貴殿に返す。あとはよろしく」と書かれている。

元妻の頭がどうかしてしまったのだということについては、すぐに理解できたのだが、すでに死んでいる猫が箱の中で鳴いたことについては、合点がいかなかったそうである。

秘間

千葉県の某所に暮らす瀬名《せな》さんから聞かせていただいた話。

瀬名さんは元々東京出身で、四十代を迎える頃まで妻子と都内に暮らしていた。

千葉県に移り住んだのは、二十一世紀に入ってまだまもない時期のことである。

新たな住居は、中古の戸建てを買い求めた。築年数は三十年余りと少々古びているが、総二階建てで部屋数が多く、立地も都内の勤め先に通うのに最適な場所にあった。

中古の新居に暮らし始めて十年ほどが経った、二〇一一年三月十一日のことである。

東日本大震災の影響で、家は大規模半壊の被害を被《こうむ》った。

瀬名さんを始め、家人に怪我がなかったのがせめてもの幸いだったが、家は屋根瓦の大半が剥がれ落ち、家の中もガラスがだいぶ割れた他、壁にも大きな亀裂やひびが入り、元より古めかしかった家の趣きが、さながら荒ら屋《あばらや》のような様相と化してしまう。

震災から数日後、家の被害状況を調べるさなか、二階の一角に不審な点が見つかった。

場所は階段口から延びる廊下を曲がった先にある、どん詰まり。

およそ一メートル幅の細長いどん詰まりの壁面は、灰色に汚れた漆喰《しっくい》に蜘蛛の巣状の大きなひびが入り、ところどころが大小様々な形を描いて剥がれ落ちている。

漆喰が剥がれて穴が開いた向こうには、薄暗い空間が覗いていた。バールを用意して根こそぎ漆喰を剥がし落とすと、壁の中にあったのは一帖ほどの狭い空間である。

そのまんなかには、古びた椅子に腰掛ける女の姿があった。

黴《かび》と埃《ほこり》で薄汚れた浅葱《あさぎ》色の着物を纏う、長い黒髪の女を模した人形である。

背丈は等身大。材質は粘土や木屑を練った物を使っているようだが、造形が拙いので製作者はおそらく素人のように思う。

女の顔も黴と埃に侵されていたが、元は純白だったとおぼしい。目の焦点が合わない異様な面貌で、歯を剝きだしにして笑っている。その足元には陶器でできた蛙の置物が、女の眷属《けんぞく》を思わせるようなそぶりでびっしりと並べられていた。

以前の家の持ち主と何かの関係がある物だとは思ったが、怖くて事情は聞けなかった。

人形と蛙の置物は最寄りの神主に無理を言って、即日処分してもらったそうである。

都内三日目　あの世のはらわた

午後五時半に三日目最後の仕事、並びに都内出張相談における最後の仕事が終わった。六時からの予約枠はまだ残っていたが、時刻が迫りつつあっても連絡は入らないので、今回はこれにて終業と見做す。新たな依頼を引き受けるのは、また来月のことである。バスタ新宿から帰りの夜行バスが出るのは、深夜零時過ぎのことだった。それまでは自由時間となるのだが、その前にひとつだけやるべきことが残っている。

新宿駅の新南口側から甲州街道を渡って向かった先は、伊勢丹の屋上に祀られている朝日弁財天である。初日に願掛けをさせてもらったお礼参りをするためだった。

祠の前に立ち、賽銭箱に心ばかりの金子《きんす》を納め、三日間に手掛けた仕事が全て順調に捗ったことに感謝の思いを伝える。初日の晩にフッコさんから尾行された件についても事が無事に済んだと報告しつつ、重ねて感謝の意を表した。

思う分だけの礼を尽くすと祠から身を翻し、屋上の広場に向かって延びる短い参道を引き返し始める。異変が起きたのは、その時だった。

「ヤー、ベイビー。まだ終わっていない」

突然、腰の辺りから声が聞こえた。男とも女ともつかない声だった。ぎょっとなって視線をおろした先には、ショルダーバッグの前面にぶらさがるアッカちゃんの姿がある。アッカちゃんは後頭部から伸びるチェーンを軸にして、左右に小さく揺らめいていた。

「お前か、今喋ったの？」

アッカちゃんを手に取り、こちらに面を向けて尋ねたが、答えは返ってこなかった。けれどもこれは、単なる形式的な質問である。確かに喋った。私の耳に間違いはない。だが喋ったこと自体に関しては、それほど大きな問題とは感じなかった。それよりも大事に思えて、なおかつ私の胸をざわめかせたのは、喋った言葉の意味のほうだった。まだ終わっていない。何がまだ終わっていないというのか？

真っ先に思い浮かんだのはフッコさんの顔だったが、すぐに違うと断じてうっちゃる。直感が即座に「違う」と不正解のブザーを鳴らした。続いて七沢さんの衣料品店にいた、排気ダクトの男を思い浮かべてみたが、こちらのほうもしっくりこない。

それではなんだというのか。何が終わっていないというのだろう？

そこへまるでキューが出たかのごとく、脳裏に浮かんできたのは似鳥さんの家だった。八王子の住宅地にある木造二階建ての古い家。昨日の午後に家祓いを執り行った家。

頼まれたことは全て済ませてきたし、自分の目で家に問題がないことも確認している。念には念を入れるという意味合いで、近所に立つ地蔵にも適切な対応を施してきた。

間違いのない形で引きあげてきたはずなのに、ここに至って妙な胸騒ぎを感じ始める。その理由を理屈で表現することはできなかったが、表わすことができないからといって、否定することもできなかった。まだ終わっていない。得体の知れない訴えに触発されて湧き出た幽かな疑念は、みるみるうちに拭いがたい不審となって胸中を満たしていく。

「あとで後悔するよりは、恥をかいたほうがいいか」

思い得るなり上着のポケットから携帯電話を取りだし、美知子さんの番号へ発信する。電話はすぐに繋がった。用件を伝えると案の定、少々不安げな反応をされてしまったが、こちらの要望は呑んでもらうことができた。追加の相談料金等は一切必要ない旨を伝え、これからもう一度、家をくわしく見させてもらうということで話が決まる。

理由については率直に「少し気になることがあるので」と伝えるだけに留めた。

時刻は六時を半分過ぎる頃。ここから八王子までの行程は、トータルで一時間と少し。到着後にどれだけ時間がかかるようになるかは見当もつかなかったが、よほどの事態にならない限りは、帰りのバスが出るまでに新宿へ戻ってくることができるだろう。

というか「よほどの事態」とはなんなのか。思うともなく出てきた不穏なフレーズに背筋が仄かにざわめくような感じを覚えるも、構わず八王子を目指して発つことにした。

それからおよそ一時間後、八王子駅に到着する。改札を抜けると、昨日と同じように日向子さんが待っていてくれた。彼女の車で再び似鳥家へと向かう。

そこからさらに十五分後――家の前に設けられた狭い駐車場に車が滑りこんで停まり、日向子さんと一緒に車外へ降り立つと、やはり昨日と同じく、玄関ドアが開いて中から美知子さんが出てきた。昨日と違うのは、外が漆黒の闇に押し包まれているということ。

時刻は八時を回る頃になっていた。

「こんばんは。夜分に無理なお願いをしてしまって申しわけありません」

「いいえ。こちらのほうこそ、お忙しいのにお越しいただいてありがとうございます」

バツが悪そうに頭をさげた私を、美知子さんは頭を振りつつ労ってくれた。

「それではさっそくよろしいでしょうか？」

改めて美知子さんの同意を得ると、家の各部屋を再び調べさせてもらうことにした。

まずは一階。玄関口の左手に面した居間を出だしに、家の北側に延びる廊下を渡って居間の隣に面した仏間、続いて台所、トイレ、風呂場の順に覗いていく。

いずれにおいても異変を感じ取ることはなかった。

一階の確認が全て終わると、玄関口から真正面に延びる階段を上って二階へ向かった。階段口の正面に広がる五帖ほどの床スペースを突っ切り、家の北側に面した納戸を調べ、それから納戸の左手に面した日向子さんの部屋、最後にその隣に位置する美知子さんの部屋を調べさせてもらう。

二階の各部屋も全て、特にこれといった異変を感じ取ることはできなかった。

けれども夕暮れ時から始まった、背筋が仄かにざわめく感じも潰えていない。

おそらく何かを見落としているような印象が、それも何かとてつもなく重大なことを見落としているような印象が脳裏に薄々と立ちあがり、奇妙な不審の念も絶えなかった。

「どうでしょうか……？」と不安げな面持ちで尋ねてくる美知子さんにもそれを伝えて、ひとまず居間まで戻ることにする。

「何かがいそうな感じがするんですか？」

美知子さんに淹れてもらった紅茶を飲み始めたところへ、日向子さんが訊いてきた。

いそうか、いなそうか。二択で答えるなら、私の直感は限りなく「いそう」のほうを示している。ただ、具体的に「何が」や「どこに」の見当がつかないため、あやふやな答えを返すよりなかった。こんなことで思い惑うのは極めて珍しい。まるで半年前まで我が身を苛《さいな》んだ、特異な感覚の停滞がぶり返してきたような不安さえも抱いてしまう。

「ちょっと視点を変えて考えてみたいんですが、よろしいでしょうか？」

そう言って、半ば苦し紛れにお願いしたのは、家の間取りを描いてもらうことだった。日向子さんが請け負ってくれた。Ｂ５版のコピー用紙に描いてもらった家の間取り図を端から順を追って眺め始める。

まもなく違和感を覚えて、思わず首を捻《ひね》ることになる。

日向子さんが描いてくれた似鳥家の間取り図は、概ね全体の縮尺が正確なものだった。互いに同じ広さを持つ居間と仏間は同じ大きさで描かれているし、それらの尺に準じて台所やトイレ、風呂などの間尺もほぼ正確な寸法で描かれている。

けれども二階のほうは違った。意図して描いたとしか思えないような違和がある。

二階の西側に位置する、日向子さんと美知子さんの部屋。日向子さんの部屋は北側に、美知子さんの部屋は南側に描かれている。

ここまではいい。正確な位置関係で表わされている。おかしいのは部屋の寸法だった。どちらの部屋も本来の間尺は八帖のはずなのに、十二帖はあろうかという広さで描かれ、上下に並び合っている。形も本来は正方形であるはずなのに、どちらの部屋についても長方形に近い形で描き表わされていた。

一階の間取り図と照らし合わせてみると、その不自然さは、より一層際立って見える。居間の真上が美知子さんの部屋で、互いの広さは同じであるはずなのに、美知子さんの部屋のほうが五割増しで広い。さらに加えて、一階の西側に並ぶ各部屋（居間と仏間に、トイレ、風呂場を合わせた四部屋）と、一階の北側に延びる廊下の幅を合わせた寸法が、二階の寸法と噛み合わない。

二階の西側で上下に並ぶ私室はそれぞれ八帖なので、真下に並ぶ各部屋と比較すると、二階にはおよそ一部屋分のスペースが足りないということになる。家の形は上下階とも長方形だし、これはどう考えてもおかしいということになる。日向子さんが自分たちの部屋を実際よりも大きく描きださなければ、形として成立しないという証左にもなった。

背筋に再びざわめきが生じる。夕暮れ時に感じた時よりもさらに強いざわめきだった。同時に「答えが間近に迫っている」という予感もひしひしと覚え始める。

さらには天啓じみた閃きも、意識の芯に湧いてきた。抱いた推察が確信に値するかの裏付けを得るためと、ある種の答え合わせをする意味で、ふたりにもうひとつ希《こいねが》う。

「十五年前に住んでいた、宮城の家の間取りも描いていただきたいのですが」

今度は美知子さんが描いてくれた。私も紙を一枚もらって、朧《おぼろ》げな記憶だけを頼りに宮城で暮らしていた頃の似鳥家を間取りに変えて描きだしていく。

まもなくできあがったそれぞれの間取り図は、ほとんど同じ様相を呈するものだった。私が知りたかった肝心要な部分についても、ぴたりと形が一致している。

簡素な平屋建てだった宮城の似鳥家には、全部で四つの部屋があった。台所、風呂場、トイレ、納戸を含めると合計八つの部屋が配置されている。

家の東側の正面に玄関があり、三和土から見て正面が居間、玄関口に面した西側には広縁が延びている。広縁に平行する形で、居間の西側にも襖を隔てて座敷が二間連なり、広縁は家の西側を回りながら北側へ向かい、左からトイレ、風呂場、納戸が平行に並ぶ北側のどん詰まりで、トイレを前にする形で途切れる。

トイレの前から家の東側にかけては広縁に代わって廊下が延び、風呂場と納戸の前を経由して、最後は家の北東側に位置する台所へと結ばれる。

全体像を改めると家の東側を除く場所には、コの字を反転した形の広縁と廊下が通り、東側には居間と台所が南北に連なっているという恰好になるのだが、私と美知子さんが描き表した家の形も、ここまではほとんど正確な形を以て再現されていた。

ただしこちらの間取り図にも、決定的な違和がある。

北側の広縁と廊下に沿って並ぶトイレ、風呂場、納戸の三間。廊下を隔てた風呂場の向かい側には当時、似鳥夫妻が仕事用に使っていた八帖の洋間がある。間取りとしては、家の西側に面した座敷の裏側に位置する部屋ということにもなる。

ここで肝心なのは、座敷は家の表側で二間連なっているということである。洋間と隣り合っているのは左側の座敷で、これについては位置的になんら問題はない。おかしいのは右側の座敷と、洋間の東側に関する問題だった。

北側に延びる廊下の片面には風呂場と納戸が並び、これらは合計すると十六帖に近い広さとなる。それに対し、洋間があるもう一方の面にあるのは、八帖の洋間だけである。納戸と向き合う形で存在すべき、八帖程度のスペースががら空きになっている。

現に私と美知子さんが描いた間取り図にも、洋間の隣に八畳程度の空白ができていた。

「こちらには何かありましたっけ？」と尋ねると、美知子さんは「覚えてないです」と、訝しそうに首を傾げた。日向子さんのほうは唇を横一文字に結んで、二枚の間取り図をまじまじと見比べている。その顔色は、紙のように白くなりつつあるように見えた。

そこへ「みゃあ」と声がした。やはりキューが出たかのようなタイミングで。

視線を向けると、居間の一角に立てられたキャットタワーの上から、茶白のルークがこちらをじっと見おろしていた。視線が重なるなり、ルークは猫特有の器用な足取りでタワーを一気に駆けおり、廊下へ通じるガラス障子の前に佇んだ。

「トイレかな？」と日向子さんがつぶやいたが、声音は機械のように平板なものだった。

私は黙って立ちあがるとルークの傍らに行って、ガラス障子を半分開けた。ルークはすぐさま廊下へ出ていき、私が予想していたとおり、階段の前へと向かっていった。

それでは行こうか、スカイウォーカー。フォースとともにあらんことを――。

意を決して居間を抜けだすと、ルークはゆったりとした身ごなしで階段を上り始めた。私のあとから美知子さんと日向子さんも立ちあがり、背中へ擦り寄るようについてくる。ふたりとも、言葉は何も発しなかった。唇が石になってしまったかのように。

踏面を上りきって左手に眼差しを向けると、視界は瞬時に異変を捉えた。

美知子さんと日向子さんの部屋を隔てるドアの間に、もうひとつドアが立っている。

先ほどまでは、そして昨日の午後も、誓って目にすることがなかったドアである。

現に日向子さんが描いた間取り図にも、こんなドアが立つ部屋など描かれてはいない。

ルークはドアから少し離れた手前に陣取り、ドアを見あげて座っていた。

私もルークの傍らに立ち、自前のアンテナを尖らせながらドアに目を凝らし始める。

作り自体は、左右に並ぶドアとまったく同じ物である。いぶし銀の丸い把手が付いた、茶色い木製のドア。

左右のドアと唯一異なる点は、こちらのドアの向こうからは、何やら得体の知れない強い力が満ちているかのような印象が、ありありと感じられるということだった。

「こちらのドアに心当たりはありますか?」

振り返り、背後に立つ母娘に声をかけたが、返ってきたのは無言の首振りだけだった。

ふたりとも血の気の引いた顔を左右に振りつつ、視線をドアへ釘付けにされている。

「開けても構いませんか?」

重ねて尋ねると、ふたりは少し躊躇う様子を見せてから、今度は首を縦に振った。

深く息を吸って呼吸を整え、把手にそっと手をかける。怖いか怖くないかで言うなら、怖いに決まっている。ドアの向こうに何が潜んでいるのか分からないのならなおのこと、できれば開けたくないという気持ちが本音である。仕事だから、怖くても開けるのだ。

開け方は絆創膏を剥がす時の要領と同じである。まごまごしながら剥がしにかかると、余計に痛い目を見る羽目になる。把手を回すなり、あとは一気にドアを開け放った。

初めに私の網膜に映しだされたのは、薄暗い部屋のまんなかに座る、白い人影だった。続いてその後方で戸外の薄い光を透かして仄めく、ぴたりと閉め切られたカーテン。

左右の部屋と同じ、八帖の洋間。その中央に座しているのは、海自の制服を思わせる、白い衣装に身を包んだ男である。

男は戸口の正面から見て、身体を斜め右の角度に向ける形で、床の上に正座していた。顔は浅くうつむいている。年頃はよく分からない。二十代ぐらいの青二才にも見えるし、四十路を迎える辺りの中年にも見える。だが、男であること自体に間違いはなかった。

髪の毛は五分刈りに近いほど短い。顔の色は制服のそれに合わせたかのように薄白く、満面には動機の計り知れない不可解な笑みが浮かんでいる。「にこにこ」というよりは、「にやにや」という形容のほうがしっくり嵌まる、どえらく怖気を震わす笑みである。

私が男の姿を認めてまもなく、背後で美知子さんと日向子さんの悲鳴が短くあがった。それぞれに恐怖と混乱が混じって織りなされる「ふぇあ！」「はう！」という声だった。

ふたりの奇妙な悲鳴を耳に受けた次の瞬間、私の本能的な驚愕反射が起こした行動は、ドアを閉めることでも、ドアの前から飛び退くことでもなく、部屋の中へ足を踏み入れ、素早く後ろ手でドアを閉めることだった。

見ずに済むなら、見ないに越したことはない。これはそういうたぐいのものである。

戸口の向こうから射し入る廊下の明かりが遮断され、室内が漆黒に近い闇に包まれる。と思った瞬間、昼のように明るくなった。

電気が点いたのではない。蛍光灯がもたらす明るさではなかった。それが証拠に私の足元には、影が一筋も生まれなかった。虚構の光を灯したのは、目の前に座る男だろう。

部屋の中には何もなかった。フローリングの床に男がぽつんと座っているだけである。引越してきてから一度も使われていないのだろう。当たり前の話である。

何しろ今日に至るまで似鳥母娘は、ドアすら開けることがなかったはずなのだから。

男がゆっくりと顔をあげ、こちらへ首を振り向ける。薄気味の悪い笑みはそのままに、男は私の顔をまじまじと穴を開けるように見つめ始めた。

黒目が異様に大きい。眼窩《がんか》の中で潤《うる》みを帯びて光る瞳は、その大半が黒目で占められ、まじろぎもせずにこちらを一点に見据えている。大きな犬を思わせるような瞳だった。

こちらが身構えたとたん、男が目の前からどろんと消える。あっと驚く余裕すらない次の刹那、男は私の鼻先から三十センチもない至近距離に再び姿を現した。

端から分かっていたが、交渉の余地なし。とっさに両手を前に突きだし、男の胸倉を鷲掴みにする。こちらの思惑としては、胸倉をがっしり掴んで身体を押さえつけながら魔祓いの呪文を唱え、手早く存在そのものを打ち消してやるつもりだった。

ところが思いもよらない形で、手はずを狂わされてしまう。

私が開いて突きだした両手は、男の胸倉を掴むことなく、そのまま海自の制服めいた白い上着を貫通して、胸の中へとめりこんでしまった。

ずぶずぶと泥を掻き回すような感触と、ぬるま湯に手を浸したような生温かさを感じ、続いて胸に突き刺さった両手が、重力に引きずられるような形でゆっくりとずり落ちる。

垂直の線を描きながら二本の手首が落ちていったあとには、白い衣服の荒い裂け目と、衣服の合間から覗く肉の裂け目が作られ、肉の中から赤黒い鮮血がじわりと滲み始める。血の噴出は瞬く間に勢いを増し、滝のような流れとなって男の胴体を赤々と染めあげた。

ぎょっとなって腹のほうまで落ちた両手を肉の中から引き抜く。すかさず床を蹴って飛び退いたが、背中がドアに当たってわずかな距離しか後退することができなかった。

男の胴の左右には胸元から腹のまんなか辺りにかけて、私の両手が不可抗力で作った二本の裂け目が、真っ赤な轍《わだち》を思わせる線を描いてだらだらと鮮血を滴らせている。

生身の人間ならば立っていられる状態ではなかったが、男はふらつく様子も見せずに二本の脚でしっかり立っていたし、顔に浮かぶ気色の悪い笑みも崩れることはなかった。

男は唖然となって見つめる私から少し身を引き、さらに自らとんでもない暴挙に出る。胴のまんなかに走る前合わせを両手でむんずと引っ掴むと、縦に並ぶ金色のボタンを上からぶちぶちと引き剥がしながら、上着を左右にがばりとはだけた。

蝋燭のように生白い胴の肌が露わになる。目はこちらを向いたままである。

何をする気かと思うまもなく、答えはすぐに示された。男の腹がぶるぶると震えだし、続いて正中面の部分がばくりと縦に割れた。唇が開くような動きだった。

大きく開いた腹の中から、赤黒い血にまみれたはらわたが、どろどろと溢れ出てくる。大きな蛇が幾重にも絡み合うように垂れさがる長い線の塊は、すぐに腸だと分かったし、腎臓や肝臓とおぼしき丸みを帯びた塊も、腸の上にぶるりと乗っかっているのが見えた。

男ははらわたを露わにし終えるなり、滑るような足取りで再び私の眼前に迫ってくる。

逃げ場のない私は、そのまま男の接近を許すことになってしまった。

大きく指を広げた男の両手が、私の背中が引っ付いているドアの左右にあてがわれる。

さながら壁ドンをされているような恰好だったが、願い下げもいいところである。

「何がおかしい？　このド変態が」

得体の知れない笑みを絶やすことなく、間近でこちらを食い入るように見つめる男に
凄まじい恐怖と嫌悪と憤怒が綯《な》い交《ま》ぜになった感情が逆巻き、反射的に胴間声で毒づく。

さて、ここからどうやって攻勢に転ずるか。

答えが出る前に私の両手が勝手に動いた。厳密には、勝手に動かされてしまう。

ぎこちなく指を広げた我が両手は、そんなことをする気など毛ほどもないというのに、
あろうことか男の割れた腹の中へずぶずぶと湿った音を立てながら捻じこまれていった。

ぬるま湯と同じ温もりを感じる。凄まじくおぞましい温もりである。両手は手首より
少し深い位置まで、はらわたの中に埋没した。どくどくと脈を搏つ臓物の緩慢な動きが、
生温い温度にまみれた皮膚にはっきりと伝わってくる。望みもしない感覚だというのに。

同時に金気を帯びた血の臭いも否応なしに鼻腔《びくう》を襲い始め、強い吐き気にも見舞われる。

頭がくらくらしてきて、続いて目の前にちかちかと白い星が瞬きだすのも確認できた。卒倒しかけているサインである。このまま意識を失くしてしまったら相手の思う壺だし、それがこいつの狙いなのだと思い得る。ここはもう、踏ん張る以外に手はなかった。

不幸中の幸いである。腹の中に突っこまれた両手は、自由に指を動かすことができた。脳内を駆け巡るパニックを力尽くで押しのけ、両手の前方で蠢く臓物をむんずと捕える。おそらく片手は腸を、もう一方の手は何かの臓器を掴んだように思う。

そんな感触だった。できれば今後の人生において、二度と味わいたくない感触である。両手にはらわたを握りだすと、それらが潰れてちぎれんばかりの力を全ての指にこめ、前のめりになる姿勢で男の顔に鼻先を近寄せた。

「お前にふさわしい歌を唄ってやる」

宣言するなり、男の黒い両目を真っ向から見据えつつ、魔祓いの呪文を唱え始める。

男のほうは何も応えず、動じるそぶりさえ見せなかったが、呪文が始まって二十秒も経たないうちに嫌らしい笑みがみるみる鳴りを潜めていった。呪文が効いているという確固たる証である。それからさらに十秒ほどで、男の薄笑いは花が萎んで枯れるように顔の上から完全に消えた。代わりに目玉が左右に忙《せわ》しなく揺れ始める。

去年の秋にもこうした一幕があった。特異な感覚が潰えてしまう少し前のことである。毛色はかなり異なるが、奇しくもその時相手にした奴も特殊な嗜好を抱えた変態だった。今、目の前ではらわたを蠢かせているこいつといい、長年こうした仕事を続けていると、折々に己の想像をはるかに絶する化け物と出くわす機会に見舞われ、飽きることがない。

去年の秋は頼もしいパートナーの力を借りて、ぎりぎりのところで化け物を滅したが、今回はソロでケリをつけられるのが少々寂しくもあり、同時に誇らしくも感じられた。

顔から笑みが剥がれた男は、色の薄い唇をがばりと広げ、鼻の下に巨大な0の数字を作り始めた。黒目がちな目は逆に小さく萎み、ムンクの『叫び』のような形相に変わる。

頃合いと判じ、とどめを刺しに入る。だがその前に過ぎ去りし日の思い出を偲びつつ、去年の秋の最後にぶちかました決め台詞を、この化け物にも喰らわせてやることにした。

「相手が悪かったな。もういっぺん余計に死ね。イピカイエー、クソったれ！」

台詞の締め括りは映画『ダイ・ハード』からの借用だが、他は私のオリジナルである。死者を見舞う二度目の死は、完全な消滅を意味する。それはこいつも例外ではなかった。

すかさず魔祓いの呪文をもうワンセット、ありったけの胴間声を張りあげて唱えると、男の姿は一瞬、真っ赤な靄のようなものに変じ、続いて音もなく目の前から消え去った。

同時に静寂。男の消滅から一拍置いて、明るかった室内が再び夜の闇に呑みこまれる。

怖々しながら両手を検めてみたが、鮮血や臓物の名残は一片たりとも付いていなかった。

薄々確信してはいたのだが、実に幸いなことである。

「終わりましたよ、もう大丈夫です」

男の気配が完全に消えたのを見計らってドアを開けると、美知子さんと日向子さんは、ともに首から上が爆発しそうなほど大きな悲鳴をほとばしらせた。

それにつられてふたりの背後にいたルークも、やんのかステップの姿勢を取りながら、一メートル近くも飛び跳ねた。視えざる神の拳に下から思いっきり突かれたかのような、それは見事な跳躍だった。悪いとは思いつつも、少しだけ口角が吊りあがってしまう。

「失礼しました。驚かせるつもりはなかったんですが……」

「イピカイエー?」

憮然とした顔で囁《ささや》く日向子さんに、小声で「イピカイエー」と返してうなずく。

「わたし、今の人に見覚えがあるんです。ついさっき、思いだしてしまいました……」

すっかり蒼ざめた顔色を浮かべ、こちらも囁くような小声で美知子さんが言う。

「なるほど。くわしいお話は下でゆっくりお伺いしましょう」

先に現場を急ぎ足で引きあげていったルークのあとを追う形で、居間まで戻ってくる。新たに淹れてもらったコーヒーを飲みながら、美知子さんが語りだした話に耳を傾けた。

先刻、私が二階のドアを開けた時、日向子さんは室内の暗闇に白い靄のようなものが揺らめいているのを見たと語った。けれども美知子さんのほうは暗闇の中にはっきりと、白い制服のようなものを着た男が床に座っているのが見えたのだという。

部屋の中にいた者について私が詳細を開示したのはこの後のことなので、私の説明に合わせて話を擦り合わせているわけではなかった。これにも加えて美知子さんはその昔、同じ姿の男を見かけた記憶もあるのだという。

今から四分の半世紀ほど前まで遡る、彼女が二十代の半ばを迎えた時期のことだった。亡き三紀夫さんと都内を離れ、最初の転居地である新島へ引越した時の話である。

島の小さな借家に暮らし始めて数日経った昼下がり、玄関口から「御免ください」と男の声が聞こえてきた。

この時、三紀夫さんは留守だったという。美知子さんが玄関へ出向いて戸を開けると、外にはあの男――海自の制服めいた衣装に身を包んだ男が、笑みを浮かべて立っていた。

男は美知子さんに一礼すると「失礼します」と言って、家の中へあがりこんでくる。

美知子さんの真横を男が通り過ぎていくのを横目に見つつ、ふいに「え？」と思って振り返ると、男の姿はどこにもなかった。

ただそれだけのことで、あとには何が起きたわけでもないそうだが、明らかに異様な出来事だったにもかかわらず、美知子さんはこの件をすぐに忘れてしまったのだという。ゆえに三紀夫さんやその後に生まれてくる日向子さんを始め、他人にはこの件について一切話したことがないそうである。

「今の今に至るまで、本当に一度も思いだすことがなかったんですけど、変ですよね？どうして思いだすことができなかったんでしょう……？」

頬筋を強張《こわば》らせ、恐れが漲《みなぎ》るような面持ちで美知子さんがこぼす。

「それがあいつの手だったのだ」というのが、私の見解だった。仕組みは不明にしても、そもそもこうした事象において、くわしい理屈を究明しようとしても大抵は無駄である。怪異とはそういうものだし、他には人知を超える力が成し得る業としか言いようがない。

私が美知子さんの証言に聞き入るさなか、日向子さんのほうはB5版のコピー用紙に新たな間取り図を描きあげていた。図は全部で四枚。彼女がこの世に生まれてきてから暮らしたことがある、全国各地の借家やマンションなどの間取りを示した物である。

見せてもらう前から半ば了解していたことだが、やはりいざ目の当たりにしてみると、背筋に湧き立つ寒気を抑えることができなくなった。

博多、釧路、上越、浜松。いずれの土地で借り受けていた住まいの間取りにおいても、この家や宮城の家の間取りで生じたものと同じ、不自然な空白ができあがっていた。

「図にするのは怖いのでやめておきますけど、新島と奈良の家についても、描きだせばきっと同じ空白が出てくると思います」

物思わしげな顔で四枚の間取り図を見回しながら、美知子さんが言う。

それからもう一点。できればあまり考えたくはないのだけれど、今思い返してみると、新島からよその土地へ次々と転居を続けた、この二十五年余り、どこの土地においても不思議とかならず、破格の条件で借りられる広い住まいに巡り合うことができた。

そんなことを淡々とした口調で言い終え、呼吸の乱れたため息をつく。

そのうえで「一体、何が目的だったんでしょう……？」という美知子さんの問いには、できれば答えたくなかったのだが、私が答える前に似鳥母娘は、ほとんど正解と言って差し支えのない「過去の事例」を次々と思いだしては語り始めた。

塵《ちり》も積もれば山となる。そうした言葉がぴたりと嵌まる、凄まじく嫌な報告だった。

人なら誰しも、生きていくうえでかならず被ることになるであろう、種々雑多な不幸。それらの原因を特定の何か——とりわけ客観性の伴わないあやふやな何か——に求めて、ひとつに束ねあげると、ひとつひとつの些末な不幸が「因果」という名で裏打ちされた、長いスパンと連続性を伴う大きな災禍に形を変貌させてしまう。

こうした恐れが多分に危ぶまれる思考形態（フッコさんが熱弁していた不幸理論とは、また別軸で厄介な自己否定観の発露である）だし、現実問題として実際は関わりのない祟りや呪いといったファクターを独自に持ちだし、然様な青写真を頭の中に作りあげて勝手に悩む相談客も多い。その大半が当事者の見当違いか、誇大妄想のたぐいだった。

ゆえに平素は原則的にタブーとしているアプローチなのだが、今回の事案に関しては似鳥母娘の証言を元に、私も「大きな災禍」という画を頭の中に描きだすよりなかった。

あまりに些末な出来事については除外するにしても、新島時代の借家で美知子さんが、白い海自風の男に家の中へあがりこまれるのを目にしてから今日へと至る二十五年余り、似鳥家には実に様々な不幸が降りかかっていた。

たとえば十五年前に宮城の借家で飼われていた、先代猫のバター。彼は宮城の家から次なる転居地、上越市の借家へ引越してから二年ほどでこの世を去っている。

死因は血管肉腫。猫には発生率が低い腫瘍の一種なのだが、バターは発症してしまい、二年近くも食欲不振と呼吸困難、虚脱症状の三つに苦しみながら逝ってしまった。

さらにはバターの看護で心労が祟った日向子さんは一時期、適応障害に陥ってしまう。この頃中学生だった彼女は五ヶ月近くも不登校となり、登校できるようになってからは同級生たちから動機の知れない、言語に絶するような虐めに遭うことにもなった。

可哀想なバターの死後、似鳥家では今の住まいでルークを飼い始めるようになるまで、猫の代わりに小型犬を飼うようになった。八王子の前に暮らしてた奈良の家の時代まで、二頭のチワワを飼ったのだけれど、どちらも短命に終わっている。

初代のチワワは、上越の次に暮らし始めた浜松の家で飼い始めたのだが、お迎えして三月も経たないうちに血液が異変を来たす難病に罹って、そこから半年後に逝った。

二代目のチワワは奈良の家で飼ったのだが、こちらは飼い始めて一年近くが経った頃、理由が不明の脳挫傷を起こし、二週間ほど朦朧とした状態が続いた末に亡くなった。

バターを飼う以前にも、博多の住まいでコリーを飼っていた時期もあったのだけれど、この犬は飼い始めて二年目に行方不明となってしまい、およそ半月後に近所の雑木林で全身を有刺鉄線でぐるぐる巻きにされた状態の遺体となって発見された。

およそ八歳まで生きたというバターを除けば、似鳥家に迎えられた歴代ペットたちは、いずれも悲惨な形で短い生涯を終えている。インコやウサギなども飼ったことがあるが、やはり長生きしたものはいないという。

「考えてみれば、主人もそうでしたよね……」とつぶやいた美知子さんのコメントには、敢えて補強を与えるような返答は差し控えることにした。

難病に侵されて鬼籍に入った動物たちの末路と、長患いの果てに逝った三紀夫さんの最期を重ね合わせてしまいたくなる気持ちは十分理解できるし、私も暗に互いの死因に同じ根っこを認めてしまう感はあったが、それを言葉に変えて口にだしたくはなかった。

こうした死にまつわる大きな不幸以外にも、似鳥家では新島で暮らしていた大昔から、怪我や病気にまつわるトラブルが異様に多いことも分かった。

三紀夫さんは骨癌を患う前に三度も骨折を負った経験があるというし、美知子さんと日向子さんもそれぞれ一度ずつ、交通事故と転倒事故で軽微な骨折に見舞われている。

病気のほうも絶えなかった。三紀夫さんの癌を例外とすれば、いずれも生命に関わる重大なものではなかったが、この二十五年余りの間で一家の誰かが病院に通っていない時期はほとんどなかったようだし、美知子さんは現在、持病を抱える身でもあった。

仕事面に関しても新島時代からの流れをたどって聞いていくと、実に不審な点が多い。上辺だけを捉えれば順調に思える流れなのだが、大事な用件に臨む時に限って想定外のアクシデントに見舞われたり、当初の見当をはるかに下回る結果に終わったりしている用件が実に多い。というよりかは、多過ぎる。

対人関係においても公私ともども、大事な人との音信がなんの前触れもなく潰えたり、あるいは亡くなったりしているケースが、両手の指の大半が折れるほどに数えられた。

似鳥家が歩んできた、およそ四分の半世紀の歴史というのは、苦難の連続と言っても差し支えのないほど、波瀾万丈《はらんばんじょう》の相を呈して今へと続いていることが明らかになる。

在りし日の三紀夫さんを含め、美知子さんも日向子さんも、こうした波乱の道のりを殊更《ことさら》不幸と認識してきたことはなかったし、視えざる何かの力によって不幸な出来事が生じるものと思いを巡らせたことは一度もなかったそうである。

それもあるいは、あいつが仕向けたことだったのではないかと私は思う。

悪魔のもっとも狡猾《こうかつ》な叡智《えいち》は、最後まで正体を現さないことである。

シェイクスピアだったかボードレールだったか、誰の言葉だったかは覚えていないが、斯様なフレーズが概括《がいかつ》の役を担って脳裏に湧き立ち、私のうなじをざわめかせた。

先刻、私が滅したあの男は、これまで仕事で勝ち合ってきた数多の有象無象の中でも、もっとも質の悪い部類に入る悪霊である。

男の素性については今さら知る由もないだろうが、手口と性質だけには理解がいった。手口のほうは図面と実地検証でつまびらかになったとおり、その時々における似鳥家の住まいに自らの居室を設け、素知らぬ顔で潜伏を続ける。これがまずもって基本である。

動機については、その性質に起因する。当人の口から直接吐かせたわけではないので私の推測に基づく結論となってしまうのだが、おそらく大筋は間違っていないだろう。男は似鳥家の視えざる居候となりながら、その過程において折々に災いを振り撒き、長い目で一家が苦しんでいくさまをじっくり楽しんでいたかったのである。

あたかも真綿で首を絞めるかのように。災いは緩効性《かんこう》の毒のごとき様相を帯びて住まいにとり憑くという、ほとんどチェックメイトに近い一手を成し得ておきながら、短期間で似鳥家の面々に致命傷となるべき災いを及ぼさなかったのが、その証拠である。男の目的はあくまでも長年にわたって一家に付き纏い、適度なペースで痛みと苦しみが絶えない状態を維持して愉しみ続けることにあったのだから。何度も変わった転居先の住まいを選ばせたのも、おそらく男の不穏当な計らいによるものだと思う。

さらに質が悪いことに、おそらく男は新たな住居を選び抜く基準として、家の近所にデコイとなるべき物がある家を見定めていた節もある。

十五年前に私と水谷さんが宮城の家を訪ねた時には、家の裏で人魂を見かけたあとに雑木林の中に古びた墓場を見つけているし、今回も家の裏手に面した路傍に不穏な念を漂わせる地蔵が佇んでいるのを認めている。

斯様に住まいの近場にそれらしいオブジェクトや、男とは無関係なお化けが存在する土地を選び定めて、何かの弾みに家人や部外者が男の存在を気取りそうになった場合の隠れ蓑に利用しようとする魂胆があったのではないだろうか。

現に十五年前は私も水谷さんも、古びた墓の魂抜きをしたことで用を果たしたものと判断したし、昨日の私も地蔵に魔祓いを施したことで、そこから先は家のほうに注意を払うことはなくなった。私の憶測が正しければ、まんまと出し抜かれたわけである。

ちなみに十五年前、似鳥夫妻に家の様子がおかしいことを教えた知人女性というのは、それから一年も経たないうちに交通事故で亡くなってしまったそうである。

十五年の歳月を隔てた今夜、彼女の見立ては正しかったと証明される結果となったが、同時に彼女の冥福も祈らずにはいられなかった。我々の手抜かりを詫びる思いとともに。

ざっと挙げ連ねてみるだけでも、これほど巧妙な手口を用いて海自風の怪しい魔性は似鳥家を長年蝕《むしば》んできたということになる。

家祓いの儀に関しては、乞われるままに水谷さんと私とで合計二回執り行っているが、本来ならば家全体を綺麗に祓い清める儀式を以てしても男が消えなかったという事実は、男が有する妖気の強さを無言で物語っているようにしか思えなかった。部屋ごと存在を隠匿してしまう手練の隠密スキルを含め、件のはらわた男は一等級の悪霊ということで間違いなかろう。短期決戦でよくよく勝ち得たものだと、今さらながらにぞっとした。

同時にこうした行動原理を持つ悪霊が、他にも世間にいるのではないかという思いが脳裏に湧き立ち、すかさず「おそらくいるのだろうな」という確信めいた思いも掠《かす》めて、ますます嫌な気分になる。今後も依頼者宅のチェックをさせてもらう機会がある時には、これまで以上に細心の注意を払って不穏な気配の察知に努めるべきだと肝に銘じた。

「もうこれで、大丈夫なんでしょうか……?」

萎れた面持ちで問いかける美知子さんの気持ちが気の毒に感じられてならなかったが、その問いかけに関しては胸を張って色よい答えを返すことができる。

「大丈夫ですよ」と即答すると、どうにか美知子さんは緩い笑みを浮かべてくれた。

その後、開かずの間だった二階の一室へ再び三人とルークの一匹で赴き、私は部屋の壁に魔除けの御札を貼らせてもらった。念には念をという意味を強くこめて。

部屋は今後、気持ちが落ち着いてくるのを見計らって、美知子さんが仕事部屋として使うかもしれないという。部屋数が足りないということで写真関係の仕事は今まで全て、自室でおこなっていたそうである。隣に空き部屋があるというにもかかわらず。

話を伺えば伺うほど、否応なく恐ろしい心地に気分がざわめいてしまうばかりである。

時刻は九時を少し過ぎる頃だった。帰りのバスにはまだ十分間に合う時間だったが、余裕を構えてもたついていると、三時間後には涙交じりの悲惨なことにもなりかねない。今回こそは完全に用を成し終えたものと判じ、お暇《いとま》させてもらうことにした。

「また何かあったら、その時にも駆けつけていただけますでしょうか？」

「もちろんですよ。何もないことも祈っております。安心なさっていてください」

帰り際、玄関口で美知子さんから向けられた求めに応じ、日向子さんが運転する車に乗せられ、八王子駅まで送ってもらう。

やはり改札口まで律儀に見送ってくれた日向子さんに感謝の言葉をもらい受けながら、都内最終日における最後の仕事は、解決を迎えたうえで無事に終えしめることができた。

数多《あまた》の記憶のカーテンコール

ヤー、ベイビー。一体、どういう風の吹き回しだったんだ？

新宿へ戻る電車に揺られながら、ショルダーバッグの前にぶらさがるアッカちゃんに心の中で語りかける。答えは返ってこなかった。

アッカちゃんに自我が宿ったわけではないと思う。粗末に扱っているわけではないが、かといって魂が芽生えるほど大事にしているということもない。

ならばすでにこの世の住人ではない誰かが、一時的にアッカちゃんの中に入りこんで私に助言を授けていったか、あるいはこうした不測の事態を知らせるための保険として、事前に誰かがアッカちゃんの中に念のようなものを仕込んでおいてくれたものか。

メモリーに保存。印象深いフレーズを思いだしたとき、すぐに見当はついてしまった。

「ありがとうよ、相棒」と小声で独りごち、あとは電車に身体が揺られるままに任せた。

新宿駅まで戻ってきたのは、十時を四分の一ほど回る頃だった。十五分ほど前に一度、水谷さんから着信が入っていたので掛け直してみたのだが、出なかった。ここに至って昨日の二件目、似鳥家の仕事を終えてから報告を入れるのを忘れていたことを思いだす。こういうポカをしてしまうので、私はいつまでも半人前扱いをされているように思う。

仕方なしに駅の西口方面に散らばる手頃なラーメン店に入り、遅めの夕食をすすった。食後、バスタ新宿を目指して歩いているところへ着信。相手は案の定、水谷さんだった。歩きながらすぐに出る。

「さっき、似鳥さんの奥さんから電話があった。お礼を言われた。俺のほうは謝った」

「謝った」というのは、十五年前に事の真相を見抜けなかったことに関する謝罪だろう。故意に見過ごしたわけでもなし、仕方のないことである。畏《かしこ》まってそのように伝えると、「生意気言うな」と鼻を鳴らされたが、本気で怒っているわけではなかった。

「『夜分に恐れ入ります』と言われたが、むしろ良かった。俺は明日から入院なんだ」

肝硬変の治療入院なのだという。我が師は我が師で、こうした肝心なことを前もって教えてくれることはほとんどない。困ったものだと思う。実に水臭い話ではないか。

「大丈夫なんですか?」と尋ねると、「大丈夫に決まっているだろう」と切り返された。

「そんなことより、よくやってくれたな。お前もだいぶ仕上がってきたじゃないか」

「いえ、とんでもない。正直に言いますと、出だしはヒントをもらったからですし」

珍しく褒められたので嬉しく感じられたのだが、全てが私の功績というわけではない。黙っているのも据わりが悪く、アッカちゃんが起こした一件を包み隠さずに打ち明けた。切りだす前から思っていたとおり、水谷さんから返ってきたのは渋い唸り声の交じった、なんとも歯切れの悪いコメントだった。

短い言説として断続的に示されたのは、概ね「そうか」や「ほう……」だったものの、声音を元にそれらを意訳すると、「お前、頭大丈夫か?」といった文言になる。

無理もない反応だとは思ったが、私としてはぬいぐるみから助言を与るという一幕も、臓物を曝《さら》けだした悪霊と差し合う修羅場というのも、非常識という意味合いにおいては、さほどの変わりはないと感じている。ゆえに水谷さんの判断基準がよく分からなかった。本当に頭がおかしくなったと思われていなければいいが。

心配しながら言葉を交わしているまにバスタ新宿へ着いた。エスカレーターを使って四階の高速バス乗り場があるフロアへ向かう。待合室は混んでいるし、電話の話し声も迷惑になるため中には入らず、待合室の外に延びるターミナルの通路を進んでいった。

「ところでお前、覚えているか？　俺がつけてやった名前の由来」

通路内から人気のまばらな場所を見つけ、荷物をおろして壁に背中を預けた時だった。

水谷さんがふいに持ちだした問いかけに、私はつかのま言葉が詰まってしまう。

「『心の目で見ろ』とか……確か多分、そういうような感じの意味でしたっけ？」

「馬鹿者。適当なことを抜かすな。それなりに考えてつけてやった名前だぞ」

苦し紛れにまさしく適当な答えを返した私に、水谷さんは呆れた声で言葉を継いだ。

「画数が良かったっていうのもあるが、子供のようにまっすぐな目で物事を見てほしい。そういう意味をこめてつけてやったんだ。物事ってのは仕事に関わることだけじゃない。お前が生きていくうえで目にして触れて関わっていく、世間のあらゆるものに対してだ。別に押しつける気なんぞないが、そういう男になれればいいと願いをこめて命名した」

そこまで言われてようやく思いだした。名前を与った時にも同じことを言われている。

あの当時、二十二歳の若僧だった私には、なんだか尻がムズムズするような照れくさい願いのように思えてならず、申しわけないとは感じながらも、半ば受け流すかのように話を聞いてしまった覚えもある。あの日から十五年余りの長い歳月が過ぎた今となって、ようやく心の芯から本当にありがたい名前を授かったものだと受け止めることができた。

「今回は、すっかりお前の世話になってしまった。俺が見抜けなかったものを見抜いた。見事なもんだ。そのうち追い抜かれてしまう日が来るかもな。とにかくそういう調子だ。これから先もまっすぐな目で物事を見据えながら長い人生に励んでいけ、郷内心瞳」

「肝に銘じておきます。水谷さんも身体に気をつけてがんばってくださいよ」

「お前のほうこそ気をつけろ。肝臓なんぞどうってことはない。二週間で退院してくる。俺は生涯現役だ。向こうから迎えが来る日まで、きっちり自分の役目を果たしてやる」

盛んなことだと恐れ入る。その後も少しだけ水谷さんと言葉を交わし、通話を終えた。これほど露骨に褒められたのは、初めてのことである。素直な気持ちで嬉しかった。

「生涯現役」の宣告どおり、水谷さんはここから五年後に当たる、二〇二四年の三月に肝硬変の悪化でこの世を去る直前まで、拝み屋の仕事を現役で貫き通した。

身体が弱りきった末期には、ほとんど寝たきりになってしまい、仕事場の祭壇を前に拝むことはできなくなったが、代わりに病床で寝起きを繰り返しながら依頼主のために御札や御守りを作り続ける日々を送って、生涯現役の誓いを全うした。

お前もだいぶ仕上がってきた？　そのうち追い抜かれてしまいそう？　とんでもない。我が師の背は遠く、まだはるかに追いつけない。

通話を終えると、時刻は十一時半。バスが出るまで、まだ三十分以上も余裕があった。退屈である。それに加えて、まだまだ話し足りない気分にもなっていた。

明日は月曜。世間様の多くはウィークデーの幕開けとなる日だが、私のほうは週末を労働に費やしたご褒美で休みである。この際、あいつの都合など知ったことかと思った。

再び携帯電話を取りだし、目当ての番号を見つけて発信ボタンを押す。幸いなことに相手は五度目のコールで通話に応じてくれた。

「こんばんは！　あたし、メリーさんよ！　今、あなたのうしろにいるの！」

「うるせえ」

昨日の午前中、個別怪談会で見事に滑ったアッカちゃんの声音より半オクターブ高い裏声で挨拶してやると、剣のある鋭い声で即座に（ま）が切り返してきた。

その声風に眠たそうな気ぶりはない。重ねてこれも幸いなことだった。

「無事に仕事が終わった。かなり際どい線だったけど。これからバスで帰るところだ」

「そうですか。お疲れさまでした。深夜のサービスエリアでお化けに出くわさなければいいですね。ホラー映画でよくあるパターンですよ。主役に安心したと思わせておいて、エンドクレジットが始まる前にうしろから襲われる感じ。たとえばメリーさんとかに」

嫌なことを言ってくれると思ったが、あながち的を外した皮肉というわけでもない。

「確かにそうだ。何しろこっちには『視える』『感じる』っていう特異なスキルがある。それにシリーズ最後のオチとして見ても、これから俺がもう一回、おっかない顔をしたお化けに襲われる局面があったほうが、読者も面白がってくれそうだしな」

「またメタっぽいことを言ってますね……。何か思うところでもあるんですか？」

「まあ、あると言えばある。自前の感覚が戻って、仕事も元通りこなせるようになって、そろそろ百五十日も経とうっていうのに、お化け絡みの仕事がいい案配で解決できると、今でも身体に妙な高揚を覚えて、視えざる何かの計らいに感謝をせずにいられなくなる。殊勝な思いに浸っていると、それと一緒に古い記憶なんかも思いだすようになってくる。大半がお化けにちなんだ、怖くて不気味な思い出。けれども不思議と嫌な感じはしない。今もちょうど、そんな具合になってきていたとこだった」

「いろいろありましたもんね。ちなみに今は、何を思いだしてるんです？」

「鎌倉の首なし御殿」

「小橋《こばし》さんと一緒に手掛けた仕事ですね。首のないお化けが出るゲストハウス」

「そう。ひどい目に遭わされた。悪者は逮捕されて、今でもムショ暮らしだと思う」

小橋美琴《みこと》。かつて都内で仕事をしていた知人の女性霊能師である。今は現役を退いて台湾人の気の良い男性と結婚し、台北の街で静かに暮らしている。

件の「首なし御殿」における案件に私が巻きこまれた時は、バスタ新宿が開業されてまもなくの時期だった。それまで高速バスは、新宿駅の西口方面を中心に各バス会社の停留所がかなりの数で散らばっていて迷いやすく、出張相談の帰り道は、毎度のようにこの世の地獄を味わわされたものである。出発時間までに目的の停留所を見つけられず、乗り遅れたことも一度や二度のことではない。今はすっかり便利になったものだと思う。

そこから触発されて、過去に新宿界隈で手掛けた仕事の数々が、記憶の深い水脈《みお》から飛沫《しぶき》のごとくちらつきながら蘇ってくる。

「呪いの代行を依頼してきたおばさんもいたし、趣味の心霊スポット巡りが仇になって、とんでもないことになったおっさん、目玉のない女の化け物に悩まされていた若い女性。いちばん最近だと（ま）もご存じ、フッコさんの襲撃とか。仕事の拠点にしてる分だけ、新宿にはバリエーションに困らないぐらい、貴重な思い出が多い」

「普通の人には、なかなか作れない思い出ばっかりですよね」

電話口でくすくす笑う（ま）につられて、私も声をあげて笑ってしまう。

あれやこれやと語らいながら口にはださないまでも、怪異と恐怖に彩られた思い出は、他にも尽きることなく記憶の水脈から湧きだしてきた。

旧家の屋根裏に隠されていた喋る女の生首のこと。花嫁を祟る白無垢姿の魔性のこと。若くして病で逝った、娘思いで心優しい母親の霊のこと。やはり美琴と一緒に手掛けた、紫色のワンピースを着た女にまつわる怪異のこと。女の顔をした巨大で邪悪な蛇のこと。苦界に堕ちて悲嘆の末に逝きながらも、好いた男を死後も健気《けなげ》に慕い続けた女性のこと。霊能師の生霊に悩まされる羽目になった男のこと。宇宙人とＵＦＯにまつわる村のこと。都内西部の巨大な屋敷を舞台に乾坤一擲《けんこんいってき》、その後の運命を分かつ大勝負に出たこと――。

いずれも不穏な色味を宿す記憶に違いないのだが、つらつらと思いだしていきながら不快になるような情景は少なかった。それらは全て、今の私という人間を作ってくれた類稀なる経験であり、同時に大事な思い出であるからに他ならない。

今後も拝み屋という稼業を続けていく限り、こうした経験は積み重ねていくだろうし、思い出もその都度、数を増やしていくことになるだろう。

楽な仕事ではないし、持病がある身としては、さらに堪える辛い仕事にもなっている。だが、今となっては「だからどうした？」という気になっているのが、我が本心である。

続けられる限りは続けていく。それだけ気持ちを定めておけば、あとは細かいことで悩む必要はなくなる。方針とはシンプルなものほど、心に強く作用してくれる気がする。春先に思い定めた新たな気持ちは、今も変わることなく胸の内で通奏低音を奏でていた。半ば確信しているのだけれど、今後も気持ちが変わっていくことはないだろう。

何がなし、過去の思い出がそれを証明してくれている。この十六年間、両手の指ではすでに収まりきらないほどの災禍に見舞われてきたし、それらを全て乗り越えてもきた。そう、辛くも乗り越えてきたのである。今後の来たるべき災禍についても同じである。私はきっと乗り越えられるはずである。乗り越えようとする気概さえ失わなければ。

だから仕事を続けていくこと以外の選択肢など、今の私には考えられもしなかった。

「そろそろバスの時間なんじゃないんですか?」

(ま)の問いかけを受けて腕時計を見やると、針は午前零時十分前を差すところだった。そろそろ発着場のほうに向かっていかないと、その後が忙しないことになる。

「確かにそうだ。悪かったな、遅い時間に付き合わせてしまって」

「悪いと思うなら、メールで済ましてください」

憎まれ口が出たところで通話を切りあげることにする。だがその前にひとつだけ──。

「あともう少しで終わってしまう。今まで本当にありがとう」

電話を一旦耳から離すと、私はターミナルの虚空に視線をまっすぐ向けてつぶやいた。

「誰に言ってんの？」

「さあね。我々の会話に泣きながら聞き入ってくれている人たちかな？」

「またわけの分かんないことを。新刊の発売スケジュールが決まったら連絡くださいね。情報解禁に合わせてマッハで宣伝しますから。あと本当に気をつけて帰ってください」

「そうする。ゆっくり寝られなくても、無事に家まで帰り着ければ、なんの文句もない。おやすみマッキー、また今度」

「マッキーって呼ばないでください。じゃあ失礼します。おやすみなさい」

互いに挨拶が済んだところで通話を終え、傍らに置いていた荷物類をまとめあげると、私は通路を歩きだした。目指す先は、通路のすぐ先に繋がって延びるＤエリアである。

ほどなくバスは到着し、滞りなく乗車確認を済ませて、指定された席へと腰をおろす。窓側の席だった。休憩時間にトイレへ行く際には、通路側の席の乗客を起こしてしまう場合もあるので神経を使いがちな席だが、その代わり、走行中はぴたりと閉め切られたカーテンの隙間を細く捲って、こっそり車外の様子を楽しむことができる。

今回もそうした。定刻どおりにバスが発車すると、首都高速にあがるまでのつかのま、私は細く捲ったカーテンの隙間越しに去りゆく新宿の夜景を眺め続けた。

さようなら、新宿。また来月。次なる上京までの長いようで短いひと月が再び始まる。

さて――ここで親愛なる読者諸氏よ。

最後にもう一点だけ補足をつけて、全てに幕をおろすことにしよう。

先ほど、（ま）が電話口で語っていたことを覚えておいでだろうか？

すなわち、ホラー映画でよくあるパターンという件である。

皮肉のつもりでぶつけられた（ま）の一説は、ほどなく現実のものと化してしまう。

この晩、私は休憩時のサービスエリアで、凄まじい怪異に見舞われる羽目になった。

悲しいかな、冗談ではない。本当に起きてしまったことである。

その時の話については、いずれの機会にまたかならず――。

了

★読者アンケートのお願い

本書のご感想をお寄せください。アンケートをお寄せいただきましした方から抽選で5名様に図書カードを差し上げます。
（締切：2025年１月31日まで）

応募フォームはこちら

真景拝み屋備忘録　あの世のはらわた

2025年１月３日　初版第1刷発行

著者…………………………………………………… 郷内心瞳
デザイン・DTP ……………………… 荻窪裕司（design clopper）
企画・編集 ……………………………………… Studio DARA

発行所…………………………………………… 株式会社 竹書房
〒102-0075　東京都千代田区三番町８－１　三番町東急ビル６F
email：info@takeshobo.co.jp
https：//www.takeshobo.co.jp
印刷所…………………………………………… 中央精版印刷株式会社